# 上州すき焼き鍋の秘密
# 関八州料理帖

倉阪鬼一郎



宝島社
文庫

宝島社

目次

# 上州すき焼き鍋の秘密　関八州料理帖

※関八州とは…現在の関東地方にあたる。江戸市中（江戸町奉行所管轄）以外の武州（武蔵国＝現在の東京都・埼玉県）、相州（相模国＝神奈川県）、上州（上野国＝群馬県）野州（下野国＝栃木県）、常陸（常陸国＝茨城県）、房州（安房国＝千葉県）、上総（千葉県）、下総（千葉県・茨城県）の八地域の総称。（現在の地名との対応はおよそのもの）

# 第一章　鮑《あわび》もどきとふくら鯛

## 一

八州廻《はっしゅうまわ》りの正月は、長いようで短い。

正式には関東取締出役《かんとうとりしまりしゅつやく》と呼ぶ八州廻りは、関八州のいずこへでも出かけていって悪人を取り締まるのが主たるつとめだ。

よって、江戸にいる時は短い。正月の七日に評定所《ひょうじょうしょ》へ赴《おもむ》いたあとは、すぐ命じられた国へ見廻りに出かけることになっている。

ただし、表向きは七日までだが、十日過ぎまでとどまっているのが慣例となっていた。それが終わると、報告がてら評定所に顔を出すときのほかは地方暮らしになる。正月が「長いようで短い」ゆえんだ。

正月の過ごし方は人それぞれだ。ほかの役目も八州廻りも、格段に違うわけではない。

ただし……。

八州廻りの一人、藤掛右京《ふじかけうきょう》の場合は、いささか事情が違った。

家の者には秘密にしているが、右京にはもう一つの顔があったからだ。

「お出かけでございますか、父上」

上の娘の波留《はる》がたずねた。

手に小さな凧を持っている。

「たこあげ、たこあげ」

下の娘の流留《るる》もせがむ。

妻の絵留《える》にはうまく口実をつくり、屋敷を抜け出そうとしたのだが、娘たちに見つかってしまった。

正月で一つ齢《よわい》を加えて、上が八歳、下が六歳。まだまだわらべだ。

「なら、ちょっとだけだぞ」

右京は凧糸をつかんだ。

「わあい」

「たかくあげて」

娘たちがはしゃぎだしたところへ、妻の絵留が現れた。

父が武家ながら山水画の名手で、娘に一風変わった名をつけた。評判の小町娘だったころの面影がまだ存分に残っていて、歳より十くらい若く見える。

「一緒に見ようね」

絵留はそう言って、縹色《はなだいろ》のさわやかな帯に手をやった。

その腹には、三人目の子が宿っていた。春には生まれることになっている。

八州廻りが江戸にいられるのは、表向きは正月だけだ。よって、子の生まれ月は十月という勘定になるのだが、藤掛家の子はあながちそうでもなかった。

表向きは正月だけでも、評定所へ報告に戻ったりすることもある。その際は、評定所の者たちは江戸にいる八州廻りを見て見ぬふりをするのが常だった。

また、ほかの八州廻りの控え役として、一時的に江戸に詰めているときもある。

言葉は悪いが、そういったときにそそくさと仕込んだ子がいたりすると、廻りからうしろ指をさされたりするものだが、右京は「なに、構うものか」と開き直っていた。

「ほれ、どうだ」

右京は凧向きを見て器用に糸を操り、絵留の近くでも凧を舞わせた。

寿、と記された凧が、正月の風に乗って気持ちよさそうに舞う。

「わあ、高いね、花介《はなすけ》」

絵留はまだ生まれてもいない子の名を呼んだ。

「また娘だったら、いかがする」

右京はややあきれたように言った。

「それでも花介にして、男として育ててみるとか」

絵留は突拍子もないことを言いだした。

「わたしも花介やります、母上」

波留が手を挙げた。

「わたしも」

流留も続く。

「なんじゃ。みな女剣士か。いくらでも稽古をつけてやるぞ」

凧をいったん引き寄せ、右京は竹刀《しない》を振り上げるしぐさをした。

右京は一刀流《いっとうりゅう》の遣い手だ。道場破りはことごとく退《しりぞ》けてきたほどの腕前だから、師範からも一目《いちもく》置かれている。

「だったら、いずれみんなで花介ごっこをしましょ」

娘気分が抜けない女房が言った。

「うん」

「たのしみ」

二人の娘が笑顔で答えた。

二

永田町《ながたちょう》の屋敷を出た右京は、徒歩《かち》にて平川天神《ひらかわてんじん》のほうへ向かった。

江戸にいられるのもあと少しだ。次は博徒《ばくと》の多い上州《じょうしゅう》の廻村だから、無事に戻れる証《あかし》はない。

懐手《ふところで》をし、御堀のほうをながめながら右京が歩いていると、うしろからだしぬけに名を呼ばれた。

「何だ、おぬしか」

振り向いた右京は言った。

声をかけたのは、同じ八州廻りの江坂三十郎《えさかさんじゅうろう》だった。

「おれで悪かったな」

相棒とも言うべき男が渋く笑う。

八州廻りは二人一組になって指定された国を廻るのが常だった。もっとも、一緒に動くわけではない。たとえば、藤掛右京が東側を廻り、江坂三十郎が西側を受け持つ。それぞれの八州廻りには代官所の役人や地元の寄場役人《よせばやくにん》、それに、道案内がいくたりも付く。

右京と三十郎は、ここ数年来、ともに廻村を続けてきた。八州廻りのなかでは変わり種の二人だから、よろずに気が合う。

「いや、おぬしと会うという口実で抜け出してきたのだ。これでうまく真《まこと》になったぞ」

右京はそう言って笑った。

「では、いつものところか？」

三十郎がたずねた。

「ほかに行くところはあるまい」

と、右京。

「そうだな。おぬしが腕を振るえるのもいまのうちだから」

三十郎はいくらか足を速めた。

太田《おおた》道灌《どうかん》が勧請《かんじょう》した平川天神の裏手に、見過ごされそうな路地がある。そのなかほどに、世を忍ぶようにひっそりとのれんを出している見世《みせ》があった。

だしのいい香りが漂ってくるから、飯屋だと分かる。

のれんには、やや癖のある達筆で「八味」と記されていた。

七味ならともかく、八味《はちみ》とは聞きなれないが、これにはちゃんとしたいわれがあった。

八味の「八」は、八州廻りの「八」だった。

三

「厨《くりや》に立って包丁を握ると、水を得た魚みたいになるな」

一枚板の席に座った江坂三十郎が言った。

「いまだけだからのう」

右京は厨から答えた。

いまつくっているのは江戸前の寒鰈《かんがれい》の造りだった。身がこりっと締まった鰈の身をそぎ造りにしていく。見るだけで銭が取れるような手ぎわだ。

八州廻り藤掛右京には、もう一つの顔がある。

小料理屋「八味」のあるじとして腕を振るう包丁人だ。

八州廻りは関八州を廻り、その土地の名物を食す。

上州の醤油味の幅広麺のおっきりこみ、新鮮な魚をたたいて隠し味に味噌を使う房州《ぼうしゅう》のなめろう、鯵《あじ》のなめろうを焼いた上総《かずさ》のさんが、鮭《さけ》の頭を使った下野《しもつけ》のしもつかれ、常陸《ひたち》の鮟鱇《あんこう》や納豆料理、相州《そうしゅう》の漁師鍋……うまいものは行く先々にある。

そういった各地の名物料理も食せるとあって、構えは地味だが常連客がそれなりについているのが「八味」だった。

右京が江戸にいないときは、佐吉《さきち》という料理人が一人で切り盛りしている。右京はめったに腕を振るわないから、佐吉が「八味」のあるじだと思っている客も少なくなかった。

その佐吉は、鍋の按配《あんばい》を見ていた。

「狸汁《たぬきじる》、そろそろ頃合いです」

佐吉が言った。

「狸が入ってるのか？」

さらさらと筆を走らせていた三十郎が、驚いたように顔を上げた。

「いえ、江戸では手に入りませんから、蒟蒻《こんにゃく》で代用しています」

佐吉は笑みを浮かべた。

「何だ、驚いた」

三十郎も笑みを浮かべ、また筆を走らせだした。

江坂三十郎にも、顔がもう一つある。

絵描きだ。

蘭画の技法も巧みに取り入れた、実に達者な風景画を描く。いまさらさらと筆を走らせているのは、雪を戴《いただ》いた筑波山《つくばさん》の景色だ。

景色ばかりでなく、似面《にづら》も得意だ。芸は身を助くというが、悪人を追う八州廻りのつとめにも絵描きの腕が役立つことがあった。

片や包丁人、片や絵描き。

八州廻りのなかでも変わり種の両大関が組んでいるのだから、これ以上ないという組み合わせだ。

「本物の狸の肉は臭いからな」

右京が言った。

「さばいたことがあるのか」

三十郎が問う。

「おう。そのままじゃとても食えないから、松の葉やら大蒜《にんにく》やらを入れて煮て、水で洗ってから酒塩《さかじお》をかけてやる」

右京が答えた。

「なるほど。そうすれば臭みが抜けるのか」

「いや、それでも臭いです」

佐吉が苦笑いを浮かべた。

上州の下仁田《しもにた》の生まれだから、本物の狸汁をつくったこともあるらしい。

「もどきの蒟蒻と本物の肉を両方入れるのもあるんだがな。『黒白精味集《こくびゃくせいみしゅう》』に載っているのはそちらのほうだ」

右京が蘊蓄《うんちく》を披露する。

「今日はもどきだけでつくりました。……はい、お待ち」

佐吉が黒塗りの椀を差し出した。

「おう」

狸汁を受け取った三十郎は、代わりに仕上げたばかりの絵を渡した。

「こりゃ、お代だ」

戯《ざ》れ言《ごと》を飛ばし、さっそく箸を取る。

「ありがたく存じます」

まだ墨が乾いていない絵を、佐吉はうやうやしく受け取った。

座敷の奥の壁などに、三十郎の絵が何枚も飾られている。掛け軸になった夕焼けの富士の絵などは、思わず息を呑むほどの出来だった。

「おお、うまいな」

具だくさんの狸汁を食すなり、三十郎が声をあげた。

狸の肉に見立てた蒟蒻は、味の通りがいいように手でちぎって、胡麻油で香ばしく炒める。けんちん汁もそうだが、胡麻油で炒めた具を汁に入れると格段に風味が増す。

ほかには、ささがきにした牛蒡《ごぼう》、それに、おからをたっぷり入れる。一度に入れるのではなく、杓文字《しゃもじ》でていねいにかきまぜながらおからを投じていく。

汁は味噌仕立てだ。

ああ、食ったな……。

そんな食べごたえのあるひと品だった。

「同じ狸もどきでも、割田《わるた》の狸とはえらい違いだ」

右京はそう言って、味のしみた蒟蒻をかんだ。匂いだけでたまらなくなってしまったから、厨で味見だ。

「あやつの顔を思い浮かべたら、うまいものもまずくなるぞ」

三十郎が顔をしかめる。

「おお、すまぬ。あやつの話はやめておこう」

あやつ呼ばわりしているのは、同じ八州廻り仲間の割田左平次《さへいじ》だった。

仲間といっても、ただ同役だというだけで、右京と三十郎とはまったくそりが合わなかった。

同じ八州廻りでも、割田左平次はほうぼうで袖の下を取って私腹を肥やしている。大人数で練り歩きながら廻村をするのが八州廻りだから、代官や寄場役人などと結託してひそかに甘い汁を吸おうと思えばいくらでも吸うことができた。

清廉《せいれん》な右京と三十郎と、「悪田」と名を改めたほうが良さそうな割田左平次。

八州廻りにもいろいろな男がいる。

「いらっしゃいまし」

佐吉が声をかけた。

客が二人、入ってきたのだ。

近くに住む無役《むやく》の武家で、暇なのをいいことに昨年の夏あたりから「八味」によく通ってくれている。

ただし、右京の顔を見るのは初めてだ。

「見習いでございまして」

本当はあるじの右京が、方便で言った。

ぷっ、と一枚板の席で三十郎が吹き出す。

「そうかい。見たところ、武家に見えるがの」

「藩がお取りつぶしの憂《う》き目《め》に遭《あ》い、浪々《ろうろう》の身なのでござるよ」

右京は適当なつくり話をした。

「それはそれは、難儀《なんぎ》でござった」

「武家から包丁人では大変だろうが、気張ってやってやられよ」

二人の客は右京を励ました。

三十郎はまたおかしそうに笑った。

# 四

「足助《あすけ》が入念に探っているから、あとは評定所へ出てからだな」

座敷の客に聞こえないように、右京は小声で三十郎に言った。

「そちらの小者《こもの》さんは十人力だからのう」

三十郎がうらやましそうな顔つきになった。

その名のとおり、足助は韋駄天《いだてん》の足が自慢だ。ただ速いばかりではない。長く駆けることもできる。難儀な山道や岩場も苦にしない。

まさに神出鬼没、常人離れのした働きを見せる男だが、それもそのはず、忍びの者の血を引いていた。同じ国を廻村するにしても、右京と三十郎がかなり離れることもある。そんなときのつなぎ役として、道なき道でも進める足助は実に重宝だった。

「いまごろは、もうあらかた上州を廻っているだろう」

田楽《でんがく》を焼きながら、右京が言った。

豆腐ばかりでなく、蒟蒻も里芋も田楽にしていく。江戸風の甘辛い味噌がよく合う料理だ。

「上州は支配が入り組んでいるから、よそよりやりづらいんだがな」

三十郎がそう言って、いくらか苦そうに猪口《ちょこ》の酒を呑み干した。

「たしかに。なかなか絵図面が頭に入らなかったりする」

右京も苦笑いを浮かべた。

上州には九人もの大名がいる。大名領が九つも入り組んでいるだけでも難儀なのに、上州に領地がある旗本もむやみに多い。それぞれに知行所があるから、なおさら厄介《やっかい》だ。

むろん、幕府が直轄する天領もある。さらに、寺社領もある。四つが入り乱れているから、咎人《とがにん》にとってはいたく居心地が良かった。

それぞれの領地で支配が異なることは、咎人にとっては好都合だった。追っ手が来たと思ったら、違う支配の領地へ逃げればいいのだ。幕府領へ逃げ込んだら、土地の代官につないで捕縛を依頼しなければならない。そうこうしているうちに、賊は旗本領や寺社領などを飛び石の要領でぽんぽんと飛び移って、そのうちゆくえをくらましてしまう。

上州にはもともとそういった温床《おんしょう》があった。

「それに、よそより博徒が多く、一つの組が大きい」

三十郎がそう言って、佐吉が出した蒟蒻田楽をつまんだ。

「上州人は博打《ばくち》を好みますからね。人のことは言えませんが」

佐吉が苦笑いを浮かべた。

料理人の佐吉は上州の下仁田の生まれだ。悪い仲間と付き合い、軽い盗みなどを繰り返しながらいいかげんな世渡りをしていた佐吉は、鬼颪《おにおろし》の喜三郎《きさぶろう》という盗賊に因縁をつけられ、手下として働かされることになってしまった。

言うことを聞かないと親の命はないぞと脅かされた佐吉は、やむなく従っていたが、さる物持ちの屋敷を襲ったときに考えを改めた。

そのときは、火付け役をやらされた。このままでは、地獄に堕《お》ちる。たとえこの身はどうなろうとも、佐吉は一味から抜けようと肚《はら》を決めた。

鬼颪の喜三郎が次にどこを襲うか、佐吉は絵図面を知っていた。

盗賊の群れをひそかに離れた佐吉は、ちょうど上州の廻村に来ていた八州廻りに事の次第を伝えた。

その八州廻りこそ、藤掛右京だった。

右京は果断に動き、鬼颪の喜三郎の一味を一網打尽《いちもうだじん》にした。

佐吉も悪の道から抜け出すことができたが、上州にはまだ残党がいるかもしれない。かしらを売った佐吉と、お縄にした右京は、盗賊の残党にとっては憎き敵《かたき》だ。下仁田に帰りたくても、いま少しほとぼりが冷めなければ危なかった。

故郷に住んでいる老いた母が悪さをされていないか、達者でいるか、悔い改めた佐吉はそれを何より気にかけていた。右京はこのたびの廻村で下仁田に足を延ばし、佐吉の文《ふみ》を老母に届ける約束をしていた。

「まあしかし、寄場組合ができたゆえ、前よりは格段につとめがしやすくなってきたからな」

座敷の客の耳を憚《はばか》り、相変わらずの小声で右京は言った。

「そのとおり。御料地と私領の区別なく、村を組み合わせて小惣代《しょうそうだい》を置き、さらにそれをまとめて大惣代《おおそうだい》にしていく。この寄場《よせば》があれば、そこの役人を旗振り役に使えるからな」

三十郎もいくぶん背をまるめて言う。

「ただ、その寄場役人に信が置けるかどうか、まずそのあたりに関所があるわけだが」

と、右京。

「ことに、上州は狸が多いからな」

三十郎がそう言ったから、佐吉が苦笑いを浮かべた。

次の肴が出た。

「玉蒟蒻《たまこんにゃく》を使った、鮑《あわび》もどきでございます」

右京がわが手で座敷に運んでいった。

「ほう、見た目は黒鮑みたいだな」

「冬でも鮑とは、粋《いき》ではないか」

二人の武家が身を乗り出す。

「あくを抜いた玉蒟蒻を酒と醤油で煮て、金串を打って焼き、冷めてから鮑に似せて波形に切ってやります」

右京はすらすらとつくり方を述べた。

「やるな、見習い」

「これなら、ひとかどの包丁人になれようぞ」

武家が励ます。

「ありがたく存じます。精進します」

右京は殊勝《しゆしよう》に頭を下げた。

その言葉を聞いて、三十郎と佐吉は笑みを浮かべた。

表で足音は響いたが、客ではなかった。もともとさほど人通りのない路地だ。ふらりと入ってくる客はあまりいない。

「永田町の屋敷はここから近いが、奥方《おくがた》はまだ気づいていないんだな」

佐吉から注がれた猪口の酒を干し、三十郎が問うた。

「ここは隠れ家だからな。気づかれたら困る」

小鯛の下ごしらえをしながら、右京は答えた。

「次々に子ができるおぬしのところでもそうか」

「子は関わりあるまい」

と、右京。

「いやいや、おぬしの奥方は評判の美形で明るくて気立ても良いからのう」

「いつまで経っても娘気分が抜けぬのだ」

「なんにせよ、うらやましいかぎりだ」

三十郎は本当にうらやましそうに言った。

三十郎も妻帯はしているが、わけあっての婿養子、おまけに奥方は悋気《りんき》の強いほうで、どうも家にはあまり帰りたくないらしい。地方を飛び廻っているほうがよほど活《い》き活きしていた。

「こたびは手代《てだい》はつくかな」

小鯛に詰め物をしながら、右京が言った。

「相州の手代をまた使うわけにはいかぬからな」

と、三十郎。

「前の太治《たいじ》は頼りになったが、あまり当てにはできぬようだ」

「割田の狸の息がかかってるやつだったら、初めから断ったほうがいいだろう」

「おう」

話はただちにまとまった。

相州の廻村の件では、太治という若者がいい働きをしてくれた。しかし、平生は韮山《にらやま》の代官所で手代をつとめているから、遠く離れた上州につれていくわけにはいかない。

八州廻りは下積みで経験を積まなければ就《つ》くことのできない役目だ。もともとの役は代官所の手附《てつけ》もしくは手代で、その役と兼務というかたちで「関東取締出役」が任じられる。右京も三十郎も、そういった十年ほどの下積みで地方《じかた》や公事《くじ》方《かた》に精通し、晴れて八州廻りに任じられたのだった。

太治のように、言わば見習いとして八州廻りの廻村に加わる者もいる。割田左平次などは先役風を吹かして、行く先々で手をつけた情婦を見習いの手代に押しつけたりしているらしい。そういった悪風に染まった手代なら、同行させないほうがよほどましだった。

「よし、揚げるぞ」

右京はふくら鯛をつまんだ。

「気張ってくれ、見習い」

三十郎が声をかける。

「へい」

小芝居を入れてから、右京は鯛を油に投じ入れた。

うち見たところ、ただの小鯛だが、包丁人の仕事が存分に入っていた。

もとは相州の漁師料理だ。たとえ身の痩せた小鯛しかなくても、思案一つでうまい料理に化ける。

まず小鯛の鱗とえらとわたを取り除き、背からざっくりと包丁を入れて中骨も取る。それから塩水でていねいに洗い、水気をきれいにふいて醤油をさっとまぶしておく。

この鯛に詰め物をする。

使うのは豆腐だ。布巾《ふきん》に包んで水気をよく切った豆腐を鯛に詰め、真ん中を糸で縛って粉をはたく。

これをからりと揚げる。

「だんだんに浮いてきたな」

鍋をのぞきこんで、三十郎が言った。

「火が通ってきたぞ」

そう答えた右京の隣で、佐吉が小気味よく葱を切りだした。

ほどなく、つややかなふくら鯛ができあがった。

葱と大根おろしの薬味を添え、醬油をかけてあつあつのうちに食す。

「おお。この身は……」

座敷の武家が顔に驚きの色を浮かべた。

「豆腐でございます」

右京が得たりとばかりに答える。

「よく味が移ってうまいぞ」

「ほんに、鯛が生まれ変わったみたいだ」

客の評判は上々だった。

二人の武家は、ふくら鯛を上機嫌で平らげてから腰を上げた。

「毎度、ありがたく存じました」

右京は頭を下げた。

「おう、気張ってやれ」

「いまは見習いでも、いずれは見世持ちになれるからな」

右京があるじと知らない客たちはそう言って励ました。

「いずれまた見えたら、どう言っておきましょうか」

客が去ってから、佐吉が問うた。

「あっけなく尻を割ったことにすればいい」

三十郎が戯れ言めかして言う。

「よそへ修業に行ったことにしておいてくれ」

右京は佐吉に言った。

「承知しました。ところで、やっと書き上げたもので……」

佐吉は奥へ進み、ていねいに油紙で包んだものを取ってきた。

「文か」

「はい。おっかさんに、できれば」

下仁田生まれの男が、思いつめた表情で言った。

右京が受け取る。

「こたびの廻村の主たるつとめだな」

三十郎が笑みを浮かべた。

「しかと受け取った」

右京が芯のある声で言った。

「よしなに、お願いいたします」

盗賊の手下から抜けてきた男は、そう言って深々と頭を下げた。

# 第二章　深川飯玉子とじ

一

「おう、奇遇でござるなあ」

割田左平次が大仰《おおぎょう》に右手を挙げた。

脇に手下を従えている。

どちらもずんぐりむっくりした体つきで、そこだけを見るとひどく弱い相撲取りのようだった。

「奇遇も何も、今日は正月の七日でござろう」

右京はいくぶん顔をしかめて答えた。

「八州廻りはみなここへ顔を出すので」

かたわらにいた三十郎が、うしろの建物を指さした。

評定所だ。

和田倉御門《わだくらごもん》の外、竜の口《たつくち》という場所に、江戸幕府の最高裁判所とも言うべき評定所がある。さまざまな職掌を受け持つ評定所は、八州廻りも管轄していた。

次にどの国を廻村するか、正月の七日に八州廻りは評定所で正式に命を受ける。

右京と三十郎に命じられたのは、やはり上州だった。

「そちらは花形の上州、腕が鳴りますな」

割田左平次は嫌な笑みを浮かべて言った。

「なんの。割田どののごとき手腕は持ち合わせぬゆえ、行く手は茨《いばら》の道」

右京は身ぶりをまじえて言った。

「よろしければ、上州に詳しい者をお付けしますが」

言葉つきはていねいだが、見下すような調子で食えない男が言った。

「いや、それには及びませぬ」

三十郎が横合いから答えた。

「半ば博徒のような男を付けられでもしたら、こちらが迷惑しますからな」

「ほほう」

割田左平次は唇をすぼめた。

分厚いがゆがんでいる唇に、割田の心根がよく表れている。しかも、妙に赤くてぬらぬらしているところが気色《きしょく》悪い。生き血を吸う蛭《ひる》のような唇だ。

「おれの息がかかってる者に博徒まがいの男がいるとでも？」

割田左平次はだんだん地金《じがね》を表してきた。

「さようなことは言っておりませんが」

三十郎はわざと唇をゆがめて答えた。

「聞くところによると、息のかかっている役人や道案内などは、博徒に長い草鞋《わらじ》を履かせるためにいろいろと腐心するそうですからな」

右京も皮肉っぽい口調で言った。

長い草鞋を履かせる、とは、おたずね者になった博徒を旅に出して、ほとぼりが冷《さ》めるまで待たせることを言う。上州は峠を越えればもう信州だから、そのあたりの道筋の段取りまでついていた。

時は文政《ぶんせい》、上州の博徒といえばこの人の国定忠治《くにさだちゅうじ》はまだ頭角を現していなかった。その忠治も、のちに八州廻りに追われて信州へ長い草鞋を履くことになる。

「ほほう、悪知恵の働くやつもおるもんですなあ」

おのれがその悪知恵を授けているというのに、しれっとした口調で割田左平次は言った。

「さまざまな領地が入り乱れていた上州は、魑魅魍魎《ちみもうりょう》が跋扈《ばっこ》するがごとき国なので」

「うまいことをおっしゃいますな、藤掛どの」

割田左平次は感心したような顔をつくってみせた。

「そちらはいずこへ?」

三十郎がたずねた。

「房州《ぼうしゅう》でござるよ」

狸面《たぬきづら》をした男は、顔をしかめた。

「光あふれる国で、うらやましいかぎり」

右京はそう言っておいた。

「房州は魚がうまいからな。鯵のなめろうとか」

三十郎が和す。

「魚だけではござらんぞ、げへへ」

割田左平次は、やにわに下卑《げび》た笑いをもらした。

「と言うと？」

右京が問うと、割田は得たりとばかりに答えた。

「房州のおなごは情が濃くて、按配も大変に良いのでな、ぐふふ」

割田左平次はしたたるような笑みを浮かべた。

「うへへ」

手下もつられて笑う。

このあるじにしてこの手下あり、といった趣《おもむき》だ。うわさによれば、ほうぼうで手をつけ、子まで産ませた女に飽きたら、手下に押しつけたりすることもあるらしい。まったくもって八州廻りの面汚《つら》しだ。

「それは楽しみでござるな」

右京は露骨に顔をしかめてみせた。

「上州にもいいおなごはおりますぞ」

よだれをしたたらさんばかりの面で、割田左平次はなおも言った。

「それがしは、奥方ひと筋でございましてな」

右京はただちに答えた。

「ほほう、それは身持ちの良いことだ」

割田は露骨に侮《あなど》るような口調で言った。

「ならば、出立までに次の子を仕込まれるか」

鼻で笑って言う。

「いち早く、昨年に江戸へ戻ったときに仕込んでおきましてな。桜の季節に生まれることになっております」

右京は先んじて言った。

「はっはっ、それは仕事がお早い」

割田左平次の悪相がどっと崩れた。

「ならば、また八州廻りにあるまじき生まれのお子がご誕生か。これはまた前代未聞でござるのう」

と、さもおかしそうに言う。

「べつに法度《はっと》にはなっておらぬからな」

猿芝居に飽きてきた右京は、いくらかとげのある口調に変わった。

「いかにも」

「ならば、せいぜい房州で羽を伸ばしてこられよ」

右京は皮肉っぽい言葉をかけた。

「これはしたり。八州廻りのつとめを果たしに行くのでござるよ」

割田が口をとがらせる。

そのつとめとは、寄場役人などと結託して、ほうぼうで甘い汁を吸うことだろう。

喉元まで言葉が出かけたが、右京はぐっとこらえた。

「では、せいぜい悪者を懲《こ》らしめてこられよ」

代わりにそう告げた。

「心得た。そちらもな」

割田左平次の唇が、またぐっとゆがんだ。

二

「塩があったら、盛大に撒《ま》きたかったところだな」

右京が顔をしかめた。

「八味」の厨だ。

十日まで江戸にいられるとはいえ、荷物などの支度がある。包丁人として腕を振るえるのは、ひとまず今日までだった。

もっとも、旅に出ても「包丁人八州廻り」であることに変わりはない。右京は包丁をさらしに巻いて旅に出て、折あらば自慢の腕を旅先で披露していた。

「いつか、とっちめてやりたいところだな、あの狸は」

一枚板の席に陣取った三十郎が、心もち目をすがめて猪口の酒を呑み干した。

「まったくだ。世のため人のためにならぬ」

右京はすぐさま言った。

三十郎が問う。

「ならば、いかがする？」

「こちらから動かずとも、向こうが何か仕掛けてくるやもしれぬ」

右京は答えた。

「なるほど。あやつもわれわれのことを快く思っておらぬからな」

三十郎がうなずいた。

「おのれが濁った水に棲《す》んでいるものだから、同じ汚れをまとっていない者を煙たがっておるのだ」

と、右京。

「たちの悪いやつだ」

三十郎が苦笑したとき、佐吉が肴を出した。

寒鰈《かんがれい》の煮付けだ。

まっすぐな江戸の煮物で、針生姜《はりしょうが》を添え、身をほっくりとほぐしながら食す。

これも冬の恵みの味だ。

右京も負けじとばかりに蛤《はま》吸いを出した。江戸前の大ぶりの蛤《はまぐり》だ。小細工を弄《ろう》せず、まっすぐ面《めん》を取るような料理に仕立てる。

「お待たせしました」

佐吉が座敷の客に肴を運んでいった。

「八味」の客筋はさまざまだ。武家もいれば、職人もいる。一風変わった客も来る。

座敷の客は畳の上に書物を広げ、さきほどからなにやら難しげな話をしていた。

麹町の医者とその弟子のようだ。

「よし、食うか」

「はい」

座敷の客は表情をやわらげた。

「何か腹にたまるものもおつくりしましょうか」

厨から右京が声をかけた。

「何ができますか」

医者のほうが問う。

「深川飯や玉子飯などが」

「玉子か……」

客はいささかあいまいな表情になった。

食べたいのはやまやまだが、玉子は値の張る貴重な品だ。

「今日はわりかたお安くできますよ」

それと察して、佐吉が言った。

「ならば、深川飯を……玉子とじで」

客は思い切ったように告げた。

「聞いていたら、おれも食いたくなった」

三十郎が手を挙げた。

「なら、頭数だけ」

右京が笑って言った。

「そうそう、おまえの家の場所は聞いてあるが、せっかく三十郎がいるのだ、絵にしてもらえればなおさら迷わぬだろう」

深川飯の段取りを進めながら、右京が佐吉に言った。

「ああ、それはいいかもしれません」

佐吉はただちに乗ってきた。

「それなら、お安いご用だ」

三十郎はふところから矢立を取り出した。

佐吉の話によると、故郷の下仁田は険しい山を越えたところで、周りは面妖な形の山だらけらしい。

「本当にこんな形の山なのか？」

言われたとおりの線を描いていた三十郎が、半信半疑で問うた。

「ええ、そっくりです。半ば崩れたような山もありますんで」

佐吉が答えた。

ほどなく、絵図面ができあがった。これを持参して名主か菩提寺《ぼだいじ》をたずね、佐吉の母の名を告げれば、すぐさま家が分かるはずだ。

「なにとぞ、よしなにお願いいたします」

盗賊の手下から足を洗った男は、またていねいに頭を下げた。

「おう。江戸でしっかりやっていると伝えて、おっかさんの喜ぶ顔を見てくるかrな」


右京は「八味」の留守を預かる男に告げた。

深川飯の玉子とじができた。

もともとは深川の魚河岸の近くに出ていた屋台が始めた料理だ。手早くつくれて、わっとかきこんで食べられる、いかにも江戸っ子好みのひと品だった。

まずは浅蜊《あさり》をむき身にし、ざるでよく洗って水気を切る。

浅蜊に合わせるのは長葱だけだ。青いところも白いところも使ったほうが彩りがいいし、味も引き立つ。端のほうから、ひたすら小口切りにしていく。

だし汁に醤油と酒と味醂《みりん》を加えて煮汁をつくる。貴重な品だが、砂糖もいくらか加えて江戸風の甘辛い味つけにする。

この煮汁に浅蜊を投じ入れ、さっと煮立てる。

浅蜊の身がいかにもうまそうにぷっくりとふくらんだら、ただちに葱を散らし入れ、わっと混ぜて火から下ろす。

煮すぎてはいけない。浅蜊の身がかたくなってしまう。桜のつぼみがぱっと開いたところで時を止めるような按配でやればいい。

できあがったら、あつあつの飯にかけて出す。汁も惜しまずかけてやるのが勘どころだ。そのほうが格段にうまい。

さらに、ここに玉子が加わる。

溶き玉子をさっとのせて蓋をし、頃合いになるまで待つ。蓋もあたためておくのが骨法だ。

玉子は半熟でいい。それをまぜながら食せば、まさに至福の味だ。

「お待たせしました」

佐吉が座敷に運んでいった。

「おう、来た来た」

「匂いだけでたまりませんね」

総髪の医者とその弟子が身を乗り出した。

「お待ち」

一枚板の席の三十郎には右京が出した。

さっそく箸を取り、まぜてから食す。

「……うまい、のひと言」

無精髭を生やした相棒の顔が崩れた。

「これは身の養いにもなりますね」

医者が座敷から言った。

「これを毎日食べていたら、医者いらずです」

と、右京。

「はは、それだとあきないになりませんな」

医者がそう言ったから、「八味」に和気が満ちた。

「よく味わって食っておこう。下手《へた》をすると、これが江戸の味の食い納めになるかもしれんからな」

三十郎が言った。

「そんな、験《げん》の悪いことを」

右京は軽く顔をしかめた。

「分からんぞ。盗賊の残党にとってみれば、われらは恨み骨髄《こつずい》の仇敵《きゅうてき》だからな」

「ま、気をつけるに若《し》くはないな」

右京は表情を引き締めた。

三

「いよいよ出立《しゅったつ》でございますね、おまえさま」

絵留が言った。

ほかに二人の娘と用人《ようにん》や小者、それに猫たちがお見送りだ。

藤掛家には猫がわしゃわしゃといる。そのすべてに妻と娘が面妖な名をつけるので、右京はとても憶えきれなかった。

「うむ。息災《そくさい》で暮らせ」

普段より重々しい表情で、右京は言った。

昨年は相州に赴いた。大きな仕事を終えてから、武州の廻村にも出かけた。

しかし、こたびは上州だ。

ただでさえ博徒の跋扈し、支配の入り組んだ難しい土地なのに、右京はひとたび足を踏み入れれば、鬼颪の喜三郎の残党に狙われる身だ。生きて再び江戸の土を踏めるという証はどこにもない。

しかし、娘たちにはそんないきさつは見えない。

「父上、おみやげはお団子がようございます」

下の娘の流留が無邪気に言った。

「はは、団子は上州で買うても、硬《こ》くなってしまうぞ」

「なら、やきたての、おみやげにならないじゃない」

「それだと、おみやげにならないじゃない」

姉の波留があきれたように言った。

「あっ、そうか」

「団子のほかに、何か所望《しょもう》はあるか」

右京は問うた。

「んーと……おまんじゅう！」

流留は声をあげた。

「るるちゃん、食べ物ばっかり」

「だったら、波留は何がいいんだ？」

父の問いに、娘は少し思案してから答えた。

「波留はおせんべいがようございます」

その答えを聞いて、絵留がぷっと吹き出す。

「おまえも似たようなものではないか。せんべいもしけってしまうぞ」

「あっ、そうかあ」

波留は頭に手をやった。

そんな按配で、藤掛家に和気が満ちた。

「おまえはどんな土産《みやげ》が良いか？」

ふと思いついたように、右京は絵留にたずねた。

「さあ、何でございましょう」

何か心に決めているらしいが、絵留は気を持たせた返事をした。

「生まれてくる子に土産か？」

「それはちと気が早《はよ》うございましょう」

絵留はそう言って笑った。

「安産のお守りは前に買ったし、はて、分からぬな。申せ」

右京は答えをうながした。

「おまえさまが無事、江戸へお戻りになることですよ。絵留の望みは、ただそれだけでございます」

芯に光の宿る目で、絵留は告げた。

「骨になって戻ってきたりしたら、洒落《しやれ》にならぬからな」

右京は骨壺を持つしぐさをした。

「戯れ言を申されますな」

いつも明るい絵留が、珍しくきっとした顔になった。

こたびの上州の廻村が剣呑《けんのん》だと、絵留も重々察しているのだろう。

右京はすぐさま口調を改めた。

「すまぬ」

一つ頭を下げてから続ける。

「首尾よく江戸へ戻り、子の顔を見ねばならぬからな」

「はい」

妻はすぐ笑顔になった。

お産は実家で行うことになる。そのあたりの段取りは慣れたものだ。

「では、母上に迷惑をかけるでないぞ。お産でおられぬとき、知らぬところへ勝手に行ったりするな」

「はい」

右京は娘たちに言った。

「いい子にしておりまする」

殊勝な答えが返ってきた。

「では、よろずのことに気をつけ、つつがなきように」

右京は用人の有田《ありた》宗兵衛《そうべえ》に申し渡した。

「承知いたしました」

信の置ける用人は深々と一礼した。

妻と娘たちに見送られ、包丁人八州廻りは屋敷を出た。

そして、江戸から上州に向かった。

# 第三章　おっきりこみ鍋

## 一

行く手に面妖な形の山並みが見えてきた。

甘楽路《かんらじ》の途中までは、からっ風が吹きすさぶ平坦な道だったが、しだいに山が近づいてきた。

「あそこが下仁田村です」

寄場役人《よせばやくにん》が笑みを浮かべて指さした。

島村丈吉《しまむらじょうきち》という男だ。

八州廻りの藤掛右京を出迎えてから、常に愛想良く応対している。名主から道案内まで、どこそこにどんな男がいるか、すべて頭の中に入っているから頼りになる男だった。

相棒の江坂三十郎は、高崎《たかさき》から沼田《ぬまた》のほうへ向かっていた。

沼田藩の初代藩主は真田信之《さなだのぶゆき》だ。弟の幸村《ゆきむら》の名声には比ぶべくもないが、戦国の乱世をしぶとく生き抜いた名将は九十三歳の天寿を全うして世を去った。信之亡きあと、紆余曲折《うよきょくせつ》を経て真田家の支配ではなくなり、城も破却されて天守は再建されていないが、沼田はいまも上州北部の要衝《ようしょう》として栄えている。

人が集まるところでは、さまざまな利の争いが生まれる。利の争いがあれば、闇の世に棲む者たちが暗躍《あんやく》する。もともと、上州は博徒の巣窟《そうくつ》のごとき土地柄だ。三十郎が沼田でいかなる出来事に遭遇するか、何かあったときにどうつなぎをつけて悪に立ち向かっていくか、そのあたりも頭に入れながら廻村を続けていかなければならない。

「道が難儀そうだな」

むやみに高いわけではないが、峻険《しゅんけん》そうな山の形を見て、右京は言った。

「古くは源平時代から、落人《おちゅうど》がいくたびも逃げこんできた土地ですから」

寄場役人が答えた。

「なるほど、隠れるところには事欠かないわけか」

「はい。下仁田の藤井《ふじい》の関所を越えると、道がいくつにも分かれ、六つの峠に続いていきます。そこからさらに信州へ落ち延びることもできます」

島村丈吉は身ぶりをまじえて言った。

「風を感じたら、奥へ奥へと逃げるわけだな」

宿場が用立てた馬の背で、右京は言った。

いまのはかつての落人の話ではない。八州廻りの手入れの知らせを、博徒の隠語で「風」という。いち早くそれを察知した悪党どもは、まさに風を食らって逃げるわけだ。

南蛇井《なんじゃい》村から千平《せんだいら》を経て下仁田へ向かう難所は、冬場はことに剣呑だ。人が難儀なところは馬もつらい。いままでに何頭も落命しているため、馬頭観音《ばとうかんのん》も祀《まつ》られているという話だった。

「いかがされますか、八州さま。日暮れてから難所へ向かうな、とこのあたりでは言われているのですが」

寄場役人が言った。

「道も剣呑なら、物《もの》の怪《け》も出るっていう話で」

初めから島村丈吉とともに付き従っている吉松《よしまつ》という道案内が言った。

行程が進むに従い、道案内はだんだんに増えてくる。人数が増えると、遠くからでも八州廻りの廻村だと分かるほどだった。

「では、手前で一泊したほうが良さそうだな」

右京はすぐ決断した。

「はい。南蛇井村の庄屋《しょうや》なら、すでに博徒も捕らえてあるそうなので」

「手回しがいいな」

「鬼颪の喜三郎を捕まえた八州さまが再度の廻村ということで、みな気が入っているのですよ」

上州路では三十郎に代わる相棒となる寄場役人が、そう言ってまた笑みを浮かべた。

二

南蛇井村の庄屋は丑蔵《うしぞう》といった。

八州廻りの一行が泊まるとあって、家族郎党が総出で歓待《かんたい》した。

「ここいらは草深い田舎《いなか》でございまして、江戸の八州さまのお口に合うようなものはお出しできかねるのですが」

庄屋はしたたるような笑みを浮かべて言った。

「なんの。その土地の野趣《やしゅ》あふれる料理を食すのが、おれのいちばんの楽しみだから」

右京は笑みを浮かべた。

「恐れ入ります」

「今日の夕餉《ゆうげ》は何だ」

右京は問うた。

「けんちん仕立ての、おっきりこみ鍋でございます」

「おう、それは冬場にはもってこいだ」

「おっきりこみをご存じですか」

丑蔵の顔に驚きの色が浮かんだ。

「むろん。上州は初めてではないゆえ。幅の広い、かみごたえのある麺を入れるのだ」

右京の答えに、寄場役人の島村丈吉がかすかに笑みを浮かべた。

「では、支度を進めますので」

「その前に」

右京は右手を挙げ、腰を浮かせた庄屋を制した。

「博徒をいくたりか捕らえてあると聞いた。さっそく吟味《ぎんみ》したい」

「はっ、承知いたしました」

丑蔵はうやうやしく頭を下げた。


庄屋の牢に捕らえられていた者たちは、いかにも博打を好みそうな、崩れたなりとつらをしていた。

にもかかわらず、表向きは殊勝な様子で、さも悔い改めたかのような表情をつくっていた。

博徒というものは、とかくひと筋縄ではいかない。八州廻りに捕らえられた博徒や無宿人《むしゅくにん》は、悔い改めたふりをして牢を出ると妙な箔《はく》がつき、「出世」をしたと称せられる。その出世の数が多ければ多いほど敬われたりするから、なんともたちが悪い。

しかも、ひとたび放免された博徒は、おのれの利にならない知らせをした者たちに、必ずと言っていいほど御礼参りをした。それやこれやで、悪の火を消そうとして博徒を捕らえれば、やがてはかえって火が燃え広がることになってしまったりするのだった。

いたちごっこなら、べつのところにいたちが出るだけだが、大きな獣に変わったりするのが悩ましい。しかも、道案内は言うに及ばず、名字帯刀を許された名主や寄場役人などでも博徒の息がかかっているかもしれないのだから、八州廻りの気の休まるいとまはなかった。

庄屋に捕らえられてあった博徒の罪状はさまざまだった。

よくある盆茣蓙《ぼんござ》の博打に加えて、宝引《ほうひき》もいた。

何本かのひもを束ねて引かせ、その先に小ぶりの打出《うちで》の小槌《こづち》が付いていたら当たりで、銭や品物をせしめることができる。

いたく分かりやすい博打だから、博徒ばかりでなく、素人《しろうと》も場に加わりやすい。

上州は養蚕《ようさん》や織物などの産業があり、市が立ってそれなりに銭が動く。博徒にとっては絶好の狙い目だ。

右京は目明かしと道案内の力も借り、厳しい取り調べを続けた。

前回の相州では見習い役の手代を従えていたが、このたびは小者しかいない。

ただし、いざというときまで影のように控えている足助は百人力だ。ほかに、力自慢の小者と目明かしもいる。

「うぬらの脇差《わきざし》は、すべて没収する。向後《こうご》も新たな脇差を持ち歩くことまかりならぬ」

一人ずつの吟味を終え、厳罰を申し渡した右京は、最後にまとめて申し渡した。

「承知いたしやした」

ほおに向こう傷のある男が答えたが、その顔は明らかに不平そうだった。

「出入り等ばかりでなく、上州では神社仏閣への参拝や縁者との寄り合いなどにも脇差を携《たずさ》えていく習わしがある。うち見たところ、その際に酒が入り、思わぬ刃傷沙汰《にんじょうざた》となることが多い」

「上州者は血の気が多いですからな」

庄屋が苦笑いを浮かべた。

「ひとたび刃傷沙汰が起これば、それを遺恨とする者が生じる。遺恨が遺恨を呼んでいるうち、血で血を洗う戦いになったりするのが愚かな者どもの所業《しょぎょう》よ」

「そこで、八州さまの出番でございますな」

島村丈吉が合いの手を入れるように口をはさんだ。

追従《ついしょう》めいた言葉には取り合わず、右京は段取りを進めた。

「最後に、一つだけ聞いておく」

右京は威儀を正した。

「このなかに、鬼颪の喜三郎の残党はおらぬか」

そう言って、右京はぐっとにらみを利かせた。

もし残党が含まれているのなら、多少なりとも顔に色が出るはずだ。

だが……。

捕らえられた者どもには、さしたるしるしは見えなかった。

「ならば、良い。これを機に悔い改め、天道に恥じぬ行いをせよ」

「へい」

「恐れ入りやした」

小悪党どもは、また殊勝な顔を取り繕《つくろ》った。

三

「おっ、そろそろ頃合いだな」

右京は囲炉裏《いろり》の大鍋を指さした。

上州名物、おっきりこみ鍋がだんだんに煮えてきた。

「では、わたしが毒味をさせていただきますので」

寄場役人が進んで言った。

「毒味か。それには及ばぬが」

右京は苦笑いを浮かべた。

おのれを亡き者とするために、何者かがひそかに毒を入れる。ない話とは言えない。

ことに、この上州では念には念を入れるべきなのだろうが、それくらいの危うさは察知できなければ八州廻りの仕事などつとまるまい。

右京はそう料簡《りょうけん》していた。

「もし八州さまの身に何かございましたら、わが孫子《まごこ》の代までの恥になりますゆえ」

寄場役人は眉間にしわを浮かべた。

「手前どもは下働きの者の素性までちゃんと調べ上げてから使っておりますゆえ、万が一にもさようなことはないかと存じますが」

庄屋の丑蔵が丈吉の顔を見る。

「どちらかに決めよ。おれは構わぬ」

右京は下駄を預けた。

結局、庄屋の顔を立て、毒味はなしということになった。

蓋を取ると、ふわっと味噌と醤油の香りが漂ってきた。

庄屋の女房がかなり緊張の面持《おもも》ちで椀によそう。

「お代わりをするゆえ、初めはざっとで良いぞ」

右京はそう声をかけて場をなごませた。

「はい、では……」

おっきりこみ鍋の椀が八州廻りの手に渡る。

右京はさっそく箸を動かした。

「うん、ちょうどいい按配の煮え加減だ」

幅広の麺をかみ、汁をすすってから、右京は言った。

「恐れ入りましてございます。具はろくなものがございませんが、芋がらなどを入れてみました」

と、丑蔵。

「素朴な味がして良いものだ」

右京はそう言ってまた箸を動かした。

ほかには里芋、油揚げ、人参、大根、それに、細かく刻んだ葱が入っている。

武州深谷《ぶしゅうふかや》の葱ぼうとうでは、長めに切られた特産の葱が入っていたが、似たような麺料理でもところが変われば微妙に違った。

味つけもそうだ。

深谷の葱ぼうとうは醤油味だった。同じほうとうでも、甲州は味噌味だから、所が変われば味も変わる。

上州もなかなかに広いゆえ、土地によって味つけが違ってくるが、南蛇井村の庄屋屋敷では味噌と醤油をどちらも使っていた。

「だしは煮干しだな？」

右京は箸を止めて訊《き》いた。

「はい。ここいらは煮干しでございまして」

丑蔵が笑みを浮かべて答えた。

「毒味は終わったから、皆も食え」

右京が戯れ言めかして言うと、一人また一人と箸を執《と》りだした。

しだいに酒も回ってきた。

おっきりこみ鍋に川魚の塩焼き、それに、蒟蒻田楽《こんにゃくでんがく》。

酒の筋はあまり芳《かんば》しくなかったが、肴《さかな》には不足がなかった。

「明日もよしなに」

道案内の吉松が酒を注ぎにきた。

「おう」

と、右京が猪口を差し出す。

「気をつけてくださいましよ。その男は、蝮《まむし》の羅刹《らせつ》っていう盗賊の一味から抜けてきたやつなんで」

酔いが回ってきたのかどうか、いくらかあいまいな顔つきで島村丈吉が言った。

「ほう、それはまた恐ろしい名の盗賊だな」

右京はそう言って、ちらりと足助のほうを見た。

小者はゆっくりとうなずいた。

上州へ先に入っていた小者の耳には、その名が届いているらしい。

「あんまりあこぎなことをやるもんで、抜けてきたんでさ」

吉松は言った。

「ということは、蝮の羅刹が荒らしているのはこの近くではないのだな？」

右京は問うた。

「そのとおりで。同じ上州ですが、沼田のあたりを根城にしてまさ」

道案内の男は答えた。

「真田信之公みたいに九十まで生きて、関八州の盗賊を束ねてやるんだと、ほらばっかり吹いているそうですよ」

寄場役人が身ぶりをまじえて言った。

「ほほう。闇の信之公みたいなやつか」

右京はそう言って、ゆっくりと猪口の酒を呑み干した。

「そうなんで。信之公の長命の秘密も……おっと、あんまり余計なことを言っちゃいけねえや」

吉松は口に手をやった。

「長命に秘密があったのか？」

右京はすかさず問うた。

「いや、まあ、いいものを食ってたらしいっていう、ただそれだけのことなんですがね」

寄場役人のほうをちらりと見て、道案内の男ははぐらかすように答えた。

「まあ何にせよ、早く捕まってくれないと枕を高くして眠れませんな」

庄屋が眉をひそめた。

「そのとおりで。とにかく後生《ごしょう》が悪いんで、おいらは悔い改めてなんとか抜け出してきました」

吉松が言った。

「後を追われたりはしないか」

右京が問う。

「そりゃ、面《つら》が分かってますから、沼田にはもう戻れねえ」

いくらか芝居がかったしぐさで、道案内は腕組みをした。

「そいつぁあきらめるしかねえな。蝮の羅刹に知れたら、ただじゃすまねえ」

と、寄場役人。

「まったくで。げへへ」

吉松は妙なところで笑った。

そこで、庄屋の息子と娘が挨拶に来た。

泣く子も黙る八州廻りの前とあって、どちらも引き攣《つ》った顔をしていた。

「太郎《たろう》と申します」

「やす、といいます」

それぞれに名を名乗る。

「関東取締出役の藤掛右京だ。よしなにな」

右京は笑みを浮かべて言った。

「女房と子の名をいろいろ相談したんですが、終《しま》いには当たり前の名に落ち着きました」

庄屋が言った。

「はは、うちは女房が妙な名をつけたがるものでな。今度生まれてくる子が男なら、花介になってしまうやもしれぬ」

右京がそう明かしたせいで、しばらくは名前談議になった。

「うちは女房の名が絵留だから、子にもまっとうな名がつかぬのだ」

右京は苦笑いを浮かべた。

「わたしの女房の名は、せつと言うんですよ」

妙な笑みを浮かべて、寄場役人が告げた。

「まあ、人それぞれですな」

いくぶん赤くなった顔で、庄屋が言った。

## 四

幸い、翌日は晴れた。

八州廻りの一行は南蛇井村の庄屋屋敷を出て、下仁田村へ向かった。

「ここから難所になりますんで」

道案内の吉松が言う。

「沼田の盗賊のもとから逃げてきたのに、このあたりの道にはくわしいのだな」

右京が言った。

「こっちへ来てからだいぶ経ちますんで」

吉松は答えた。

「下仁田には湯治場もあります。着いたら骨休めをいたしましょう」

寄場役人の島村丈吉が言った。

「寄場頭《がしら》は湯治が好きですからね」

道案内が言う。

吉松を道案内役として引っ張ってきたのは島村丈吉だから、むろん気心は知れている。

「しょっちゅう寄場を離れて、湯治場へ長逗留《ながとうりゅう》に出てますから」

「ほう、それでずいぶんと血色がいいわけだ。どういう湯治場へ行っているのだ？」

右京はたずねた。

「それはまあ……草津《くさつ》とか」

いくらか間を置いてから、島村丈吉は答えた。

「出湯《いでゆ》の番付で大関を張る名湯だな。ここからはいささか遠いが」

と、右京。

「留守のあいだは、下役がちゃんとやってくれてますので」

少し弁解するように、寄場役人は答えた。

道はだんだんに険しくなってきた。

上州富岡《とみおか》の先から見えた曲がりくねった山並みが、手を伸ばせば届きそうなところに見える。

馬が足を滑らせたりせぬように、慎重に手綱《たづな》を取りながら右京は進んだ。

「ここまで来たら、もう平気でさ」

道案内が言った。

道幅の狭い剣呑な道がようやく終わり、行く手に畑が見えてきた。

下仁田村に着いたのだ。

「泊まりは本宿《もとじゅく》なんで、まだだいぶかかりますがね」

吉松は言葉を添えた。

「日の暮れがたまでかかるだろうか。寄りたいところがあるのでな」

右京はそう言ってふところに手をやった。

佐吉が母に宛てた文と、三十郎が描いた絵図が入っている。

「いや、そこまではかかりますまい」

道案内が答えた。

面妖な形をした山の頂《いただき》は白くなっていた。

道には積もっていなかったが、雪解けでずいぶんとぬかるんでいる。

畑仕事をしていた農夫たちが手を止め、右京に向かってあわてて土下座をした。

「さようなことはせずとも良いぞ。おれはお大名でも何でもないからな」

馬をしばし止めて、右京は声をかけた。

「へ、へえ」

なおも平伏したまま、農夫が答えた。

「ここは葱畑か？」

右京はたずねた。

「へい、さようで」

「殿様葱だべ」

「献上品だな」

右京は馬上でうなずいた。

「前に二百本、急ぎで送ったこともあるでのぉ」

浅黒い顔をした農夫が、恐る恐る顔を上げて言った。

「手間のかかる仕事だが、土地のほまれの産物だ。励め」

右京は励ましの言葉を送った。

秋に種を蒔《ま》き、翌春に仮植《かりうえ》をした葱は、夏に定植してから追肥《ついひ》と土寄せなどを行い、一年あまりをかけてようやく収穫される。気温があまり高くならない下仁田ならではの甘みのある葱だ。

「ここの葱は、古くは加賀《かが》のほうから渡ってきたそうで」

寄場役人が言った。

「ならば、信州のほうから来たわけか」

右京は峠のほうを指さした。

「博徒とは逆ですな」

島村丈吉は笑みを浮かべた。

「葱料理を楽しみになすってくだせえ」

道案内が言った。

「それはおれも楽しみにしている」

まだ収穫されていない葱もちらほらあった。

そちらへ目を走らせたりしているうち、下仁田の下町に着いた。

五

ここで道案内が増えた。

もっとも、今日泊まる旅籠《はたご》の番頭だから、そちらのほうの出迎えと言ったほうが良さそうだ。

「八州さまのしばらくのご滞在で、あるじも喜んでおります」

繁造《しげぞう》という男は、目じりにしわをいくつも浮かべて言った。

「世話になる」

右京は短く答えて、空模様を見た。

雲はほんのわずかで、今日は降りそうにない。この分なら、宿にはずいぶん早く着きそうだ。

「さっそく訊くが、和美《わみ》峠のふもとまで、宿からどれくらいかかるだろうか」

右京は道案内に問うた。

「和美峠でございますか。道のりとしてはさほど長くはないのですが、難儀な上りになります」

繁造が答える。

「健脚なら半時《はんとき》あればふもとまで行けるか」

「ええ。それは行けるでしょう」

「八州さまがいらっしゃるんですか？」

寄場役人がたずねた。

「明日からは廻村で忙しいゆえ、その前に足の鍛えをやっておこうと思ってな」

右京は方便で答えた。

むろん、実のところは違った。

和美峠のふもとの集落には、佐吉の老母が住まっている。

「ほほう、足の鍛えを」

寄場役人は少しいぶかしげな顔つきになった。

「廻村に向けて気を入れるために、小者とともに峠走を行うのが習いでな」

右京はそう言って、足助のほうを見た。

「お供いたします」

足助は表情を変えずに言った。

木賃宿が立ち並ぶ下町を過ぎ、一行は藤井の関所のほうへゆるゆると上っていった。

ここは中仙道《なかせんどう》の裏街道だ。参勤交代などの大がかりな行列はないが、あきんどや旅芸人などの往来は多かった。中仙道の碓氷《うすい》峠より、こちらのほうが近道だし、峠越えもわりかた楽だ。

荷車も通る。信州から米などを運ぶ道としても、この裏街道は重宝されていた。古くは黒曜石《こくようせき》も運ばれたらしい。

「今夜は葱料理か」

道案内の繁造に向かって、右京は気安くたずねた。

「蒟蒻や川魚もお出ししますんで」

本職は旅籠の番頭の道案内が答える。

「例のものはまだ出ねえのかい」

もう一人の道案内の吉松が問うた。

寄場役人が笑みを浮かべる。

「どうなんでしょうかねえ。ま、そのあたりは宿についてからのお楽しみで」

繁造は答えをはぐらかせた。

「例のものとは？」

右京が吉松に問うた。

「まあそれは、見てのお楽しみということで」

「いやに気を持たせるな」

「へへへ」

道案内は妙な笑いをもらした。

藤井の関所は滞りなく通過した。

「お役目まことに……」

「ご苦労様にござりまする」

関所の役人たちが大仰に声をそろえて挨拶したから、右京は苦笑いを浮かべたほどだった。

関所を抜けると、本宿の長楽寺《ちょうらくじ》の甍《いらか》が見える。ここからが宿場町だ。正式な宿駅ではないとはいえ、峠から二里あまり下ったところにある宿場は、ちょうど泊まるのに按配が良かった。聞けば、峠にも茶見世はあるらしいが、出るのはせいぜい草団子くらいだから、腹ごしらえは宿場で済ませておかなければならない。

「あれでございます」

繁造が旅籠の番頭の顔で行く手を指さした。

出迎えの者たちが、右京の一行を今や遅しと待ち受けていた。

「ここまで大儀《たいぎ》だったな」

右京は馬の首筋を撫でてやった。

実をいえば、馬の背に揺られているのはいささか落ち着かなかった。八州廻りここにありというところを見せつけながら手際よく廻村するには、馬を使うのがいちばんだということは分かっているのだが、おのれの足で駆け回るほうがよほど性《しょう》に合っている。

「旅籠とはいえ、脇本陣の構えですから」

寄場役人が言った。

ほどなく、宿に着いた。

宿の名は、香屋《かおりや》といった。

# 第四章　大根味噌漬け

一

右京はまず旅籠で旅装を解《と》いた。

香屋のあるじは新右衛門《しんえもん》、おかみはおまさといった。

「これはこれは、ようこそのお越しで」

「八州様にお泊まりいただき、ほまれでございます」

ていねいに両手をついてあいさつする。

「おう、世話になる。良い旅籠の名だな」

右京は気安く言った。

「恐れ入りましてございます。香りのいいお料理をと存じまして、名づけさせていただきました」

新右衛門がしたたるような笑みを浮かべた。

「八州様は包丁の心得もおありだ。粗相《そそう》のなきようにな」

寄場役人の島村丈吉がしかつめらしい顔で告げた。

「さようでございますか。なにぶん在所《ざいしょ》でございますから、お出しできるものにはかぎりがございますが」

あるじが言う。

「おれは素朴な地の料理を味わうのが楽しみでな。それで八州廻りをやっているようなものだ」

右京が戯れ言めかして言うと、いくつか笑いの花が咲いた。

「ただ、香屋の料理は素朴かどうか分かりませんよ」

新たに加わった道案内の繁造が言った。

「いや、今夜のところは、いたってありきたりのおっきりこみ鍋のつもりで」

新右衛門があわてて手を振る。

「ゆうべもおっきりこみだったんだがな」

寄場役人が苦笑いを浮かべた。

「さようでしたか。なら、ちょいと思案してみます」

旅籠のあるじは、いくらか白くなった髷《まげ》を指さした。

「ま、何にせよ、そのうちいいものが出ると思いますんで」

気を持たせるように、丈吉が言った。

「おう、楽しみにしておこう」

右京が答えると、なぜか手下まで押し殺した声で笑った。

二

「では、夕餉に遅れぬように帰るつもりだ」

右京は右手を挙げた。

「伴《とも》をつけましょうか」

寄場役人が水を向ける。

「われらは江戸でも指折りの韋駄天ぞ」

右京はよく張った太ももをたたいた。

脇には小者の足助も控えている。

「とてもついて来られまい。伴はいらぬ」

「さようでございますか。では、お気をつけて」

島村丈吉はあっさりと引き下がった。

「どうぞお気をつけて」

あるじの新右衛門も頭を下げた。

香屋を出た右京と足助は、上り坂を調子良く走りだした。

「あれが日暮山《にっくれやま》だな」

走りながら、右京は行く手を指さした。

三十郎が描いてくれた絵図は頭に入っている。どのあたりが佐吉の母の住まいか、おおよその見当はついた。とりあえずは日暮山を目指して走ればいい。

「分かれ道が二度あります」

先んじて上州に入っていた足助が言った。

頼りになる小者も道筋が頭に入っているようだ。

身を前に傾け、平らなところより腕を強く振る。そうすれば、難儀な坂道も滑るがごとくに駆け上がることができる。

右京も足助も、そんな坂走りの極意を会得《えとく》していた。

日暮山がぐっと近づいた。

「このあたりでたずねてみよう」

右京は足をゆるめた。

畑仕事に精を出す二人の男の姿が見えた。

「はっ」

足助も手の振りを穏やかにした。

「このあたりに佐吉という男の母、およしは住んでおらぬか」

よく通る声で、右京はたずねた。

「へえ、およしさんに何か御用で」

一人の農夫が鍬《くわ》を動かす手を止めて答えた。

「文を届けに参った」

右京が告げる。

「飛脚さんで。そりゃ、大儀なことだのぉ」

いくらか目が悪いらしい男が感心したように言った。

「佐吉の文かい？」

もう一人の男が問うた。

「そうだ。母への文を届けにきた」

右京は飛脚になりすますことにした。

「おらぁ、ちっちゃいころに佐吉とよく遊んだもんだ。いまどこにいるんだい」

農夫が問う。

右京はその人相風体をしげしげと見た。

悪名高い盗賊、鬼蜃の喜三郎を成敗したのはほかならぬ右京だが、そのきっかけとなったのは佐吉が一味から足を洗い、貴重な知らせをもたらしてくれたからだ。右京はそれを徳として、「八味」を任せているのだが、逆に佐吉を恨んでいる残党もいる。ほとぼりが醒めているかどうか分からぬゆえ、故郷の老母のもとへ帰りたくても帰れないのだった。

うち見たところ、農夫には裏がなさそうだった。盗賊の残党とつながりがあるとは思えない。

「いまは江戸で達者に暮らしているらしい」

右京は答えた。

「そうかい。そりゃ良かったのぉ」

「悪いやつらのとこから抜けてきて、難儀したんだべぇ?」

今度は年かさのほうの農夫が問うた。

「そこまではよく分からないので」

右京は首をひねる芝居をした。

「そりゃ、飛脚には分かるめえや」

と、農夫。

「で、およしさんの家は？」

「あすこを左に曲がるべ」

「木橋の手前に一軒あるから、すぐ分かる。気ィつけての」

二人の農夫はていねいに答えた。

最後まで飛脚の役を演じた右京と、その従者役の足助は、礼を言って先を急いだ。

## 三

「ここだな」

右京は歩みを止めた。

木橋の手前の、吹けば飛ぶようなあばら家だった。

それでも、人が住んでいる証に、軒《のき》には大根がいくつも吊るされている。

「もし、およしさん」

右京は声をかけた。

返事はない。

「もーし、江戸から佐吉の文を届けに参った」

耳が遠いのかもしれぬと思い、右京は声を高くした。

「へーい……」

ややあって、奥のほうからやや間延びした声が響いてきた。

「佐吉の文を届けに参った」

右京は重ねて言った。

「佐吉の……」

声が響くなり、かなり腰の曲がった老婆が姿を現した。

「江戸から参りました」

右京が頭を下げる。

「あん子に、何かあったきゃあ？」

佐吉の母のおよしが気づかわしげに問うた。

「いえ。佐吉は江戸で達者に暮らしている。おれは佐吉が料理人をつとめている『八味』という見世のあるじだ」

右京は笑みを浮かべて伝えた。

「江戸で、達者で……」

老母はかみしめるように言うと、上がるようにすすめた。

右京は狭い田舎家に上がった。

足助は見張りに残しておくことにした。あとをつけられているような気配はないが、万が一のための備えだ。それに、二人も上がったら気を遣《つか》わせてしまう。

「いま茶を出すからのぉ」

「どうかお構いなく」

右京は手を挙げたが、およしはゆっくりと竈《へっつい》のほうへ向かった。

土間《どま》には木刀が立てかけてあった。およしには不似合いだが、だれかが備えにと置いていったのだろう。

鬼颪の喜三郎の残党は、だいぶ捕縛したとはいえ、まだどこぞでしぶとく生き残っていないともかぎらない。そいつらにとってみれば、佐吉はかしらを売った憎き敵だ。もしこの家に戻れば、御礼参りの影におびえて暮らす日々になってしまう。

茶を待ちながら、右京は思った。

できうべくんば、鬼凰の喜三郎の残党どもを根絶やしにし、親子水入らずで何の憂えもなく過ごさせてやりたきものだ。

佐吉が生まれ育った家の古びた敷物に座った右京は、しみじみとそう思った。

「待たせたのぉ」

およしが茶を運んできた。

「すまぬな」

いったん立って受け取り、右京は板の間に置いた。

「まあ座ってくれ。いま、佐吉の文を渡すから」

右京は身ぶりをまじえて言った。

「へえ」

およしはゆっくりと腰を下ろした。

右京はふところに忍ばせてきたものを取り出した。

「これだ」

右京は老母に文を渡した。

「あいにく、あん子の名しか読めねえべ」

およしはいくぶん目を伏せて答えた。

「なら、おれが読んでやろう」

右京はすぐさま言って、佐吉の文を開いた。

こうしたためられていた。

おかあ
くろうかけて　すまねえ
おいらは　えどで
たつしやに　くらしてる

右京はゆっくりと噛んで含めるように読んでやった。

およしがいくたびも瞬《まばた》きをする。

八州まはりの　右京さまに　よくしてもらひ

まいにち　くりやのつとめをしてゐる

しんぱい　いらない

およしは一つうなずいた。

「おれがその『八州まはりの右京さま』だ」

右京は文を読むのをいったんやめ、笑みを浮かべてわが胸を指さした。

平伏しようとした老母を制して続ける。

「佐吉はよくつとめてくれている。包丁人としての腕も上がった。佐吉がつくる料理を楽しみに、通ってくれている客もいるぞ」

右京がそう告げると、およしはまた二度、三度とうなずいた。

八州廻りは文の続きを読んだ。

おいらがかへると

わるいやつらが　おれいまいりにくるゆゑ

かへりたくても　かへれねえんだ

おかあに会ひてえ

ふるさとの山や川が
こひしくてならねえ

そのくだりを聞いて、老母の目尻からほおへ、ひとすじの水ならざるものが伝わっていった。

右京も胸の詰まる思いがした。

そうだ。佐吉は帰りたくても帰れないのだ。

この懐かしいふるさとへ。

そして、年老いた母が待つわが家へ……。

おかあ
たつしやでくらしてくれ
いつか右京さまが　のこりのわるものを
たいじしてくださつたら
おいら　かへるから
きつと　かへるから

それまで　かぜなどひかず
たつしやでくらしてくれ

佐吉

文はそう結ばれていた。

読み終えた右京がおよしに渡す。

老母はかなり長いあいだ、息子の文を目に押し当てていた。

右京は声をかけなかった。

ここは泣かせておこう、と思った。

ややあって、およしは顔を上げた。その目は真っ赤になっていた。

「八州さま」

およしは言った。

「おれに任せておけ。悪者の残党は、きっと退治してやる。佐吉が心安んじてここへ帰れるようにしてやるからな」

右京は板の間をとんと手でたたいた。

「どうぞよろしゅうに」

老母は深々と頭を下げた。

「楽しみに待っておれ」

右京は表情をやわらげた。

「佐吉に何か伝えたいことはないか」

そうたずねると、およしはいくらか思案してから答えた。

「達者で暮らせ、と。それから……」

老母は大儀そうに立ち上がった。

何かを取りに奥へ向かう。

その曲がった背を見ながら、右京は残りの茶を呑んだ。何の変哲もない番茶の味が心にしみた。

ややあって、およしは小ぶりの壺を抱えて戻ってきた。

「これを、あん子にのぉ」

そう言って、老母は壺を右京に渡した。

「これは……味噌漬けだな?」

匂いをかいで、右京は言った。

「へぇ。大根を漬けたもんで、あん子の好物だべぇ」

何とも言えない顔つきで、およしは言った。

「分かった。必ず江戸へ届けよう」

右京は請け合った。

「どうかよしなに」

およしは両手を合わせた。

「ひと切れくれるか」

「へぇ、もちろんで」

右京は味見をしてみた。

いくらか塩加減がきつめだが、いい按配に漬かっていた。

「母の味だな」

右京はしみじみと言った。

およしは黙ってうなずいた。

いつのまにか日が西に傾いてきた。提灯の備えはあるが、夕餉に戻ると旅籠には告げてある。そろそろ頃合いだろう。

「では、達者で暮らせ」

右京は笑みを浮かべて腰を上げた。

「あん子に、『おかあは待ってるからのぉ』と」

老母は最後にそう言い残した。

「分かった。たしかに伝えよう」

手にした壺の重みを感じながら、右京は答えた。

四

香屋の夕餉は蒟蒻鍋だった。

下仁田の特産の両大関といえば、蒟蒻と葱だ。いずれ劣らぬ味の濃さで、これを食したいがために上州路をたどる者までいるほどだ。

今夜は蒟蒻に平串を打ち、鍋に投じ入れた。ただし、味はついていない。ただゆでているだけだ。

「頃合いになったら、味噌だれにつけてお召し上がりくださいまし」

あるじの新右衛門が笑みを浮かべて言った。

「おお、こりゃうまそうだ」

右京が覗きこむ。

「里芋の串も入ってますので」

「それから、葱も焼いてお持ちします」

おかみが言う。

「葱もないとな」

寄場役人が言った。

「葱の白いとこが味噌に合いますからね」

「下仁田に来たら、あれを食わないと」

二人の道案内が和す。

味噌に隠し味として醤油を加え、すり胡麻も合わせたこくのあるたれだった。

これにあつあつの蒟蒻をつけて食す。まさに口福《こうふく》のひと品だ。

「下仁田の蒟蒻は生《しょう》のものの肉のようなかみごたえだのう」

右京がそう言うと、期せずして笑いがわいた。

どこか押し殺したような、妙な笑いだった。

「何がおかしい？」

右京は場を見回した。

「八州さまは、生のものの肉がお好きでございましょうか」

島村丈吉が片目を心持ちすがめて言った。

「嫌いというわけではないが、しょっちゅう食べていたら後生に悪いからな」

右京はそう答え、残りの蒟蒻を胃の腑《ふ》に落とした。

「精もつきすぎますからな」

道案内の繁造がにやりと笑う。

「まあそのあたりは……」

寄場役人が旅籠のあるじを見た。

「頃合いを見て、ご満足いただけるものをお出しできるかと」

新右衛門は肚《はら》に一物《いちもつ》ありげな顔つきで言った。

「仕込みはできていそうだな」

と、右京。

「楽しみにお待ちいただければと」

香屋のあるじは答えた。

ほどなく、葱焼きが運ばれてきた。

下仁田葱の白いところを一寸あまりに切り、軽く焦げ目がつくほど焼く。これを味噌だれにつけて食す。おのずと酒が進んだ。

「なかなか良い夕餉であった」

右京は満足げな顔つきで言った。

「上州はうまい食い物の宝蔵《たからぐら》ですからな」

寄場役人も笑みを浮かべた。

「明日からも楽しみになすってくださいまし」

香屋のあるじの目尻にいくつもしわが浮かんだ。

ただし、その目の芯は、決して笑ってはいなかった。

# 第五章　すき焼き鍋

## 一

翌日から、右京は下仁田の廻村を始めた。

捕らえた悪党を吟味し、江戸へ送ったりもするが、八州廻り自らが手を下すわけではなかった。

廻村があるという触れはあらかじめ出ている。その道筋に当たる村々では、庄屋や名主の屋敷にもう博徒などが捕らえられており、それを吟味するのが慣例となっていた。

「こっちになりますんで」

道案内の繁造が身ぶりをまじえて言った。

「清水沢《しみずさわ》に山之端《やまのはた》辰吉《たつきち》という名主がおりますので」

寄場役人の島村丈吉が言う。

「そうか」

右京は短く答えて、隣を歩く男の顔を見た。

江戸から八州廻りに随行してきたのは、足自慢の小者の足助ばかりではなかった。目明かしの平蔵《へいぞう》も加わっていた。

「おいらにお任せを」

額に向こう傷のある男が渋く笑った。

もとは博徒で、悔い改めて八州廻りの手下になった男だ。いまは落ち着いているが、若いころは長脇差《ながどす》を振り回していたらしく、筋骨隆々たる体つきをしている。立ち回りにでもなったら頼りになりそうな男だ。

「頼むぞ」

右京は短く言った。

捕らえられているとはいえ、それは蜥蜴《とかげ》の尻尾にすぎないかもしれない。そのあたりを鋭く見抜く目が求められた。

「へい」

平蔵がうなずく。

相州を廻村したときは三郎《さぶろう》という目明かしがいた。しかし、賊に襲われて命を落としてしまった。そういった危難とは紙一重《ひとえ》のつとめだ。

もう一人、頼りになりそうな竹一《たけいち》という若者も随伴していた。荷物の運び役で力がある。いい体つきをしているから木刀を持たせて稽古をつけてやったのだが、目を瞠《みは》るほどの筋の良さだった。この若者も、立ち回りになったら存分に力を発揮してくれそうだ。

難儀な坂を上ると、行く手に人影が見えた。

「名主さんでさ」

道案内が指さして告げた。

小柄な年寄りが深々と頭を下げた。

二

「わっしはほんの出来心で宝引に手を出しただけだからのぉ」

だいぶ髷が細くなった男が、泣きそうな顔で言った。

「泣き落としは利かねえぜ」

平蔵が十手をかざした。

八州廻りの十手は紫色の房飾りがついた立派なものだが、目明かしのはいたって薄っぺらい。

「しょっちゅうやってたわけじゃないべ」

「見逃してくんろ」

名主屋敷の土牢に囚われた男たちは口々に言った。

「殊勝なつらはしてるが、どこぞの盗賊につながってるんじゃねえのかい。隠してやがったら打ち首だぜ」

平蔵はおのれの首に十手を当てた。

「滅相もねえことで」

「わっしらは、ただの百姓だべぇ」

囚われの者たちが首を振る。

目明かしは右京のほうをちらりと見た。

「鬼颪の喜三郎という名に覚えはあるか」

右京は天から見下ろすような口調で問うた。

鋭い眼光で一同を見る。

もし鬼颪の喜三郎の残党がこのなかに含まれているとすれば、水面《みなも》に小石が投じられたような動きがあるはずだ。右京はそれを見逃すまいとした。

だが、土牢に囚われている者たちの顔からは、怪しい色を読み取ることはできなかった。何の影もよぎらない。

その代わり……。

右京は背後に気を感じた。

剣術の達人は背中にも目がある。敵の気配をいち早く察知することができる。

そのかすかな気を、右京は感じた。

鬼颪の喜三郎という名を発したとき、うしろのだれかの気がふとゆらいだのだ。

蠟燭《ろうそく》の炎が風にわずかにゆらいだだけのような気の動きだが、右京はたしかにそれを悟った。

かつてこの手で召し取り、獄門にした盗賊の名を、たしかに知っている者がいる。

いや、名を知るだけではない。あるいは鬼颪の喜三郎の残党と何かつながりがあるのかもしれない。

「聞いたこともねえ名で」

囚われの者が必死の形相《ぎょうそう》で言った。

「嘘をついたら、ためにならねえぜ」

平蔵がまた十手をかざす。

「わっしはありまさ。だいぶ前にお縄になった盗賊で」

年寄りがあわてて言う。

「ただ名を知ってるだけで、何の関わりもねえんでのぉ」

「勘弁しておくんなせえ」

囚われの者たちは哀願した。

「いかがいたしましょうか、八州さま」

名主の辰吉が問うた。

「江戸に送るだけ、無駄な経費《かかり》になりそうだ。解き放ちで良かろう」

右京は答えた。さらにたたいたところで、ほこりは出そうにない。

「あ、ありがたく存じます」

「神さま仏さま八州さま」

一人が両手を合わせて拝んだ。

「ただし、慈悲は一度きりと思え。向後、博打は固く慎むべし」

八州廻りが強くそう申し渡すと、囚われの者たちはこぞって平伏した。

三

「さすがの手際でございますな」

寄場役人の島村丈吉が笑みを浮かべた。

廻村は順調に進んでいた。

江戸へ送るべき悪者と、諭《さと》してから放免する者、そのあたりの裁きに右京が迷うところはなかった。

「つとめだからな」

右京は馬上から答えた。

一日の廻村を終え、山の端《は》に日が沈もうとしている。茜《あかね》に染まった空を舞う鴉《からす》の数がやけに多く見えた。

道の向こうから吉松が小走りに戻ってきた。初めの道案内役は寄場役人の命《めい》で香屋へつなぎに走り、いま戻ってきたところだ。

「つないできやした」

吉松は島村丈吉に告げた。

「おう。ご苦労」

短く答えると、寄場役人は右京のほうを見た。

「夕餉を楽しみにしてくださいまし」

笑みを浮かべて言う。

「これは、というものが出るのか」

と、右京。

「そのとおりで。ただし、よそでは話されませんように」

寄場役人は唇の前に指を一本立てた。

「言うを憚《はばか》る料理なのか」

右京はいくぶん声をひそめて問うた。

「そのとおりで。上州にひそかに伝えられた料理で、なまなかなことでは味わうことができませぬ。八州さまの労をねぎらうために、沼田ともつなぎを行って、香屋でお出しする運びになったのでございますよ」

島村丈吉はそう説明した。

「ほう、沼田が関わってくるのか」

「さようでございます」

寄場役人は少し目を細くした。

「何にせよ、楽しみだな」

不吉な鳥影を目で追いながら、右京は言った。

「もう支度にかかっているようなので、お楽しみに」

「今夜は酒が進みそうですな」

吉松が言う。

「あとにつとめがあるんだから、呑みすぎるなよ」

繁造が肚に一物ありげな顔つきで言った。

ほどなく、香屋が見えてきた。

四

「お待たせいたしました」

あるじとおかみがしずしずと鉄鍋を運んできた。

ただし、入っているのは汁だけだ。

「具の大皿はいまお持ちしますので」

鉄鍋を囲炉裏にかけてから、あるじの新右衛門が言った。

「気を持たせるな」

右京が笑みを浮かべた。

寄場役人と道案内、おもだった面々はすでに囲炉裏《いろり》を囲んでいる。

「ただいまお持ちいたします」

おかみのおまさのほおに、くっきりとえくぼが浮かぶ。

「何が出るんでしょうな、右京さま」

下座から平蔵が声をかけた。

「まあ楽しみにしておこう」

右京は腕組みをした。

旅籠の様子はそこはかとなく違っていた。八州廻りの一行のほかにも客が来たのか、座敷の外で人の気配がする。

ややあって、初めの大皿が運ばれてきた。

「ぐふふ……」

こらえきれないとばかりに、寄場役人が含み笑いをした。

ただし、皿に盛られているのは、さほど目新しいものではなかった。

厚めのそぎ切りにされた下仁田葱に焼き豆腐、それに笠のよく張った椎茸。どれも鍋に合いそうだが、あっと驚くようなものではない。

「これは前座でございますので」

あるじがしたたるような笑みを浮かべた。

菜箸《さいばし》を用い、手慣れた手つきで具を鍋に入れていく。

「これは、ただのだしではないな」

火がつけられた鍋を見て、右京は言った。

「さすがでございますな、八州さま。醤油と味醂《みりん》と酒を同じ割りにしてから、味醂を足しております」

新右衛門が告げた。

「ほう、かなり甘めだな」

「江戸では砂糖を入れるんですがね」

島村丈吉が横合いから言った。

「江戸だって？」

右京は意外そうな顔つきになった。

舌だめしのために、江戸の料理屋ののれんをくぐることは多いが、そんな割りは記憶になかった。

「ここいらでは、貴重な砂糖は手に入りませんもので」

香屋のあるじがそう言ったとき、おかみが次なる皿を運んできた。

葉がぎざぎざした青菜と、糸のような白いものが合い盛りになっている。

「春菊と白滝《しらたき》でございます」

おかみが嫣然《えんぜん》と告げた。

「ほほう、たしかに珍しいな」

右京がうなずく。

「土俵入りの太刀持ちと露払いのようなものです」

寄場役人が相撲にたとえた。

「この鍋にどういったものが合うか、沼田のほうでいろいろと思案していたところへ、手前のほうでも知恵を出し、ようやっと形が定まってきたものでして。たとえば、この白滝というのは細い穴から突き出してつくる糸のような蒟蒻でございますが、このほうが主役との味のからみ方が格段に良いのでございますよ」

新右衛門は自慢げに語った。

「なるほど。この春菊も下仁田でつくっているのか？」

右京は問うた。

「さようで。室町《むろまち》のころには、もう日《ひ》の本《もと》に伝わっていたそうです」

「ほう。栽培法も分かっているんだな」

「はい。『農業全書』や『菜譜《さいふ》』に記されております。浸し物や和《あ》え物にもできますが、いくぶん苦みがありますので、割り下が甘めのこの鍋がいちばんふさわしいのではなかろうかと」

あるじはそう言って奥のほうを見た。

「いよいよ真打ちのお出ましだな」

島村丈吉が言った。

「腹が鳴るべぇ」

「一度食ったら忘れられねえ味だからのぉ」

「えっれえうめえから」

吉松と繁造、二人の道案内があおるように言った。

真打ちが来た。

「お待たせいたしました」

おかみが大皿を運んできた。

そこには、白い斑《ふ》の入った赤いものが盛られていた。

「肉か」

右京は少し腰を浮かせた。

「ただの肉ではございませんよ」

島村丈吉が言った。

「何の肉だ？」

右京の問いに、寄場役人はひと息入れてから答えた。

「上州秘伝の牛肉でございます」

## 五

さしもの右京も目を瞠った。

上州の在所で、こんな料理が出るとは、まったく夢想だにせぬことだった。

「この牛も、上州で育てているわけか」

右京は鍋に投じられていく牛肉を指さした。

「なにとぞご内密に」

寄場役人は唇の前に指を一本立てた。

「ひそかに高崎《たかさき》の榛名山《はるなさん》のふもとで育てられているのですよ。隠れ牛の里と呼ばれていて、よそ人が近づかぬように厳しく目を光らせているとか」

島村丈吉が声を落として告げた。

「彦根《ひこね》藩が牛の飼育を認められているという話は知っているが」

右京は首をひねった。

「まさに、その彦根藩と深い関わりがあったのですよ」

寄場役人がいくらか身を乗り出した。

「ほう。彦根藩の井伊《いい》家は譜代《ふだい》の筆頭の家柄で、陣太鼓づくりが有名だ。その材料として牛の革を用いるゆえ、肉も味噌漬けにして幕府や諸侯に献上していると聞く。その牛が、なにゆえ上州の榛名山のふもとで育てられているのだ？」

右京は問うた。

「そのあたりに、井伊家と真田家との深い縁《えにし》が関わってくるのです」

島村丈吉が言った。

「縁と言うと？」

右京は少しひざを詰めた。

「おんな城主の井伊直虎《なおとら》の養子として育てられた井伊直政《なおまさ》公は、真田昌幸とその次男の幸村の助命に力を尽くしました。それに当たっては、東軍についた長男の真田信之公の懇請《こんせい》があったと伝えられています」

島村丈吉の説明に、右京は一つうなずいた。

「井伊家はずっと彦根藩主だったかのように思われるが、井伊直政公は高崎藩の初代の藩主だからな。高崎という名も、直政公が名づけたと聞いたことがある。片や、真田信之公は、同じ榛名山を望む隣とも言うべき沼田城主であった。そのあたりで肝胆相照《かんたんあいて》らすものがあったのかもしれぬな」

右京は言った。

「北条征伐（一五九〇年）のあと、真田家は沼田領を安堵《あんど》されました。井伊直政公が関ヶ原のいくさのあとに佐和山《さわやま》（のちの彦根藩）に配されるまでのおよそ十年間はお隣同士でした。ただ……」

寄場役人は座り直して続けた。

「井伊直政公と真田信之公に相通じるのは、上州の地縁ばかりではございませぬ。どちらも、生き馬の目を抜く戦国の世をしぶとく生き抜いてきた武将です。ときにはもはやこれまでという危地も脱しながら、その身を永らえてきたのですよ」

島村丈吉は謎をかけるように右京を見た。

「なるほど。戦国武者は窮地に陥ったとき、牛や馬の肉を食らってでも生き延びようとしたと聞いたことがあるが」

「それでございます」

寄場役人はしたたるような笑みを浮かべた。

「実際にお二人がいかなる話をしたか、仔細《しさい》は分かりかねますが、ともに戦国の世を生き延びてきたという話から、何か精のつく料理をと……」

「それで牛の肉を使った料理が始まったわけか」

右京は皆まで言わせなかった。

「当地ではひそかにそうささやかれております。つまり、陣太鼓づくりが先にあったわけではなく、牛の肉づくりが先にあったのでございますよ。残った皮を使うために、また、ただ肉を食すだけでは顔をしかめられますゆえ、陣太鼓という隠れ蓑をうまく使ったのでございます。彦根藩の陣太鼓がいまに伝えられているところを見ると、おそらくは直政公の知恵でございましょう」

「それを隣国の誼《よしみ》を結んでいた真田信之公に伝えたわけだな？」

と、右京。

「さようでございましょう。真田信之公は長く徳川家に力を尽くすだろうから、厚誼《こうぎ》を結んでおくべしという肚もあったかもしれません」

島村丈吉は言った。

「なるほど、そのようなわけで上州にも牛肉が伝わったわけか」

右京は得心《とくしん》の入った顔つきになった。

「それで謎が一つ解けましょう？」

鍋の按配を見ながら、今度は新右衛門が言った。

「謎というと？」

右京はいぶかしげな顔つきになった。

「真田信之公は、九十三歳という度外れた長命にて大往生を遂《と》げられました」

「ああ、なるほど」

右京は思わずひざを打った。

「牛肉を滋養とされていたのだな」

「そのとおりでございます」

島村丈吉の声が高くなった

「信之公の長命の秘訣《ひけつ》は、榛名山のふもとの隠れ里で飼育されていた牛の肉だったのでございますよ。井伊直政公は関ヶ原のいくさで受けた鉄砲傷がもとでその二年後に惜しくも亡くなってしまいましたが、もしそれがなければ信之公と同じく九十歳まで生きられたかもしれません」

寄場役人は名将の早すぎる死を惜しんだ。

「今夜、牛肉を食べたら、八州さまも長命間違いなしでさ」

道案内の吉松が言った。

期せずして、場のほうぼうから笑い声が響いた。

妙に押し殺した笑いだった。

六

鍋が頃合いになった。

「よく煮えております。まずは八州さまから」

島村丈吉が笑みを浮かべて言った。

「おう」

右京は菜箸をつかむと、肉と葱、それに白滝を少し取った。

「割り下は玉杓子《たまじゃくし》でおすくいくださいまし」

あるじが言った。

「江戸では溶き玉子を加えるそうですが」

と、寄場役人。

「やけにくわしいな。行ったことがあるのか」

割り下をいくらかすくいながら、右京はたずねた。

「いや、地獄耳でしてな」

島村丈吉はおのれの耳を指さした。

割り下に肉をつけ、白滝とともに食す。

「うまい」

思わず声が出た。

上州肉はなんともやわらかく、極上の味がした。

「真田信之公ではないが、寿命が延びる心地がするな」

右京が言うと、末席に控えている者まで妙な笑みを浮かべた。

それを見て、いちばん端に控えていた足助がわずかに眉根を寄せた。

「存分にお召し上がりくださいまし」

新右衛門がしたたるような笑みを浮かべる。

「おう。おまえらも食え」

右京は一同に言った。

「へい」

「いただきまさ」

「しょっちゅう食えるもんじゃねえからのぉ」

寄場役人とその手下たちも箸を取った。

「具がなくなりましたら、またお持ちしますので」

おかみがにこやかに告げた。

「まだ肉があるのか」

右京が問う。

「はい。たんとご用意しております」

「ご飯もいま運びますので」

あるじが和した。

「酒もくんな」

「こりゃあ、酒が進むぜ」

そんな按配で、囲炉裏の周りはにぎやかになった。

やがて、末席の者にも取り皿が回った。

「ああ、こりゃうめえ。牛の肉ってうめえもんだな」

平蔵が感《かん》に堪《た》えたように言った。

「焼き豆腐にも肉の味がしみてうまいっすね」

竹一が笑みを浮かべる。

春菊と一緒に肉をかんでいた足助が無言でうなずく。

たちまち鉄鍋の中身が乏しくなり、替えの具が運ばれてきた。

「ところで、この料理の名は？」

煮えるまでのあいだに、右京はたずねた。

「すき焼き鍋でございます」

香屋のあるじが答えた。

「ほう、どういう由来だ」

「諸説はあるのですが、鋤《すき》に鳥や魚などをのせて焼いた料理から来ていると聞きました」

新右衛門が伝えた。

「なるほど、それですき焼きか。いずれにしても、上州のうまいものが鍋にぎゅっと詰まったような料理だな」

右京が鉄鍋を指さす。

「まさに、極楽の味でございますよ」

島村丈吉が言った。

「明日には本当に……」

手下がそこで言葉を呑みこんだ。

寄場役人がぐっとにらみを利かせたからだ。

その様子を、右京は見逃さなかった。

右京は鍋を見た。

牛肉に火が通るにつれ、色合いがうまそうに変わっていく。

しかし……。

八州廻りが見ていたのは、牛肉ではなかった。

これも上州の名産、白滝だった。

細長い白滝のように、何かがつながったような気がした。

（沼田と下仁田……昼間、背後に感じた気のゆるぎ……そうか……）

右京は末席の足助を見た。

長年、苦楽をともにしてきた小者だ。

目と目が合えば、通じ合うものがある。

足助はわずかにうなずいた。

右京にはそれで通じた。

足助もよからぬ企みを察していたのだ。

「おっ、そろそろいけますぜ、八州さま」

島村丈吉が言った。

「たんと召し上がってくださいまし」

道案内の吉松が言う。

「明日からまた廻村ですからな」

どこかとってつけたように、寄場役人が言った。

「おう」

右京は短く答え、今度は下仁田葱を口に運んだ。

甘みがあるはずの葱が、いくらか苦く感じられた。

# 第六章　八味けんちん

## 一

同じ日——。
江戸の平川天神の近くに、二人の娘をつれた女の姿があった。
藤掛絵留だった。
だいぶおなかが目立つようになってきたが、歩いたほうがお産のためにはいい。
そこで、屋敷のある永田町から平川天神へお参りに来た次第だった。
波留と流留、それに用人の有田宗兵衛も付き従っている。
「母上、はばかり」
上の娘の波留がだしぬけに言った。

「はばかり？　このへんにあるかしら」

母は困った顔で用人を見た。

「訊いてまいりましょう」

有田宗兵衛がさっと脇道に入った。

鬢は白くなっているが、若いころに剣術で鍛えた身のこなしだ。いまは達人の
右京も、わらべのころは宗兵衛によく稽古をつけてもらった。

「あら、こんなところにお見世があるのね」

絵留は初めて気づいた。

控えめな提灯に、「八味」と記されている。

「どこかで見たような字ね」

絵留が小首をかしげたとき、用人がその見世から出てきた。

「この路地を進んだ右手にありますよ」

宗兵衛は身ぶりをまじえて告げた。

「よかったあ」

「行っといで」

「うん」

上の娘が速足で歩きだす。

「わたしも」

下の娘も続いた。

「座敷は存外に奥行きがございました」

用人が「八味」という見世を指さした。

「そうですか。……ああ、いい香り」

絵留は手であおいで見せた。

煮物だろうか、だしのいい香りがぷんと漂ってくる。

「武家が二人、昼酒を呑んでおりましたよ」

いくらかうらやましそうに、宗兵衛が言った。

ほどなく、二人の娘がにぎやかにもどってきた。

「待て待て」

「わあ、大きなねこ」

首回りがふさふさした、縞《しま》のある猫を二人で追いかける。

「いけませんよ、いじめちゃ」

母がたしなめたすきに、大きな猫は路地からあわてて逃げていった。

「いじめてないもん」

姉の波留が言う。

「おなかすいた」

妹の流留がかわいいしぐさで帯を押さえた。

「わたしも」

波留が手を挙げる。

「では、ここで何かいただいてまいりましょうか」

用人が「八味」のほうを身ぶりで示した。

「この子たちの口に合うものはあるかしら」

と、絵留。

「まあ何かはありましょう」

「そうね」

相談がまとまった。

藤掛家の一行は、「八味」という見世に初めて足を踏み入れた。

二

「……おいしい」

厚揚げの煮物を食した姉が、思わず顔をほころばせた。

「ほんと、お味がしみてておいしいわね」

母も笑みを浮かべる。

何かわらべの口に合うものをという頼みに、まだ若いあるじは少し思案してから煮物を出した。

厨の前には一枚板の席がしつらえられていた。長床几《しょうぎ》に二人の武家が陣取っている。

「お参りの帰りですかな」

一人の武家が気安く声をかけた。

「いえ、これからお参りをするところです」

絵留が答えた。

「いままでいくたびも前を通ってきましたが、こんな路地に見世があるとは」

有田宗兵衛が言う。

「わしらの隠れ家でしてな」

「小普請組《こぶしんぐみ》で暇なのをいいことに、しょっちゅう通ってるんですわ」

気の良さそうな二人の武家が言った。

「もっとたべる」

妹が手を挙げた。

絵留が厨のほうを見た。

「甘藷《かんしょ》の天麩羅《てんぷら》などは、お口に合うかと存じますが」

いくぶんあいまいな顔つきで、あるじとおぼしい男が言った。

「なら、それで」

「白魚なども揚げられます」

「ああ、そりゃあいただくよ」

宗兵衛がすぐさま言ったから、見世に和気が生まれた。

甘藷も白魚もからりと揚がった。座敷に笑顔の花が咲く。

「おいしいかい？」

好々爺《こうこうや》がたずねた。

「おいしいよ、宗じい」

波留がそう答え、また甘藷の天麩羅をさくっと嚙んだ。

「汁粉《しるこ》もできますが、いかがいたしましょう」

あるじとおぼしい男が厨から出てきてたずねた。

「おしるこ？」

流留の瞳が輝く。

「わたしも」

姉も元気よく手を挙げた。

「じゃあ、わたしもいただくわ。宗兵衛さんは？」

絵留は用人に問うた。

「では、せっかくなので」

白くなった眉がやんわりと下がる
「それはそうと、『八味』というお見世の名は、どこからつけたんです？」

絵留がたずねると、あるじとおぼしい男は急に困ったような顔つきになった。

「さあ、それは……いわれがなくもないのですが」

佐吉は額の汗をぬぐった。

前に、右京が家族とともに歩いているところを見かけたことがある。ゆえに顔は見知っていたが、あろうことか、その奥方と二人の娘、それに藤掛家の用人が「八味」ののれんをくぐってきた。

この見世のあるじが藤掛右京で、「八味」の八が八州廻りに由来することを知られてはならない。佐吉としては、まさに薄氷を踏む思いだった。

「末広がりの八だからのう」

「縁起のいい名じゃ」

図らずも、一枚板の席から助け舟が出た。

「なるほど、それで『八味』と」

絵留は得心のいった顔つきになった。

ほどなく、汁粉が出た。

「わあい」

「おいしそう」

娘たちの瞳が輝く。

汁粉には柴漬けも添えられていた。箸休めに漬物を食べながら汁粉をいただくと、その甘みがなおさらしみる。

「たまに食べるとうまいものですな」

宗兵衛が目尻を下げた。

「ほんに、口福でした」

絵留も笑みを浮かべる。

「お母さま、毎日来る」

波留が無邪気に言った。

「おしるこ、たべる」

妹も和す。

それを聞いて、佐吉はさらにあいまいな顔つきになった。

できれば一見《いちげん》にしてもらいたい。そのために、冷たいあしらいにしようかとも考えたのだが、それもいささか気が引ける。

「お汁粉なら、家でもつくれるからね」

右京の妻がそう言ったから、佐吉はいくらかほっとした。

照り焼きにする鰤《ぶり》が頃合いになった。

右京から教わった秘伝の焼き方がある。

鰤の切り身にたれをかけて焼くだけでは、存分に味がしみない。そこで、たれを酒で薄めたものにあらかじめ四半刻《しはんとき》（約三十分）ほど浸けておく。その前に、ふり塩をして置いておくのも骨法《こつぽう》だ。そういった仕込みをきちんとしておけば、臭みが抜きん出た仕上がりになる。

しかるのちに、さらに食べよい大きさに切り、波立つように平串を打ち、たれをかけながら乾かすように焼いていく。仕上げにさっとたれをかければ、食欲をそそる香ばしい鰤の照り焼きの出来上がりだ。

「さあ、お参りですよ」

母が娘たちをうながした。

「鰤の照り焼きが少々心残りですが」

用人が笑みを浮かべる。

「われらが代わりに食いますゆえ」

「ことに寒鰤ですからな」

一枚板の席の武家たちが言った。

「はは。では、お先にて」

「うるさくて相済みませんでした」

絵留が頭を下げた。

「なんの」

「これからお参りかい。何をお願いするんだい？」

武家が娘に問うた。

「んーと……父上が無事戻られるように、と」

波留が大人びた口調で答えた。

「ほう。父上は旅に出ておられるのか」

「そういうつとめでして」

絵留は少し自慢げに答えた。

「いかなるつとめで？」

もう一人の武家が問う。

「関東取締出役でございます」

「ほほう、泣く子も黙る八州廻りか」

「それはほまれじゃのう」

見世のあるじの正体を知らない客たちは、感心したように言った。

佐吉がまた額に手をやった。

三

平川天神の石段を、身重《みおも》の絵留は慎重に上った。

万が一、足を踏み外しても支えられるように、用人の有田宗兵衛が下で控える。

一段ずつ、よいしょ、よいしょと声を発しながら、絵留は石段を上りきった。

ひと息ついてからお参りをする。

いつのまにか日は西に傾いてきた。茜色に染まった空を鴉たちが舞っている。

そのさまが何がなしに不吉に見えた。

「左手にお水を受けて、お口も清めなさい」

絵留は作法を教えた。

「こう？」

波留が柄杓《ひしゃく》を傾ける。

「そう。濡らさないようにね」

姉はなんとか手を清めたが、妹には柄杓が重かったようで、ずいぶん着物を濡らしてしまった。

「あらあら」

たちまち泣きだした流留の着物を、手拭いでふいてやる。

「すぐに乾きますぞ。さ、お参りしましょう」

宗兵衛がうながした。

六つの娘はやっと泣きやんだ。

「じゃあ、父上の無事のお戻りを天神さまにお願いしましょうね」

「はい」

娘たちの声がそろう。

「学問の神さまだから、賢くなるようにとも」

絵留が言った。

「はあい」

波留が素直に答え、妹とともに並んでお参りを始めた。

「二礼二拝一礼ですぞ」

用人が教える。

二人の娘は、ややぎこちないしぐさで作法をこなした。

「よく見ておくのよ」

絵留がおなかの子に向かって言う。
ほどなく、娘たちのお参りが終わった。
「今度は、母上の番」
姉が言った。
「はい」
絵留は前に進みいで、参拝を始めた。
子が無事に生まれますように。
このたびの上州のつとめが首尾よく終わりますように。
八州廻り藤掛右京の身に何事も起こりませんように……。
そこまで祈ったとき、ふと胸騒ぎがした。
心の臓がかすかに鳴ったのだ。
八州廻り藤掛右京の身に何事も起こりませんように。
どうかお助けくださいまし……。

絵留は心をこめて懸命に祈った。

# 四

「八味」の提灯に灯《ひ》が入った。

一枚板の席の客は引き上げたが、ほどなくまた二人の客が入ってきた。

商家《しょうか》の楽隠居とその友だ。こちらは座敷に上がるなり、碁盤を持ち出した。

右京と三十郎は、剣術ばかりでなく囲碁もたしなむ。戦いの呼吸《いき》に相通じるものがあるのだそうだ。ために、「八味」の座敷の片隅には、さりげなく碁盤も置かれていた。

「だんだん冷えてきたね」

隠居が言った。

「まだ梅が咲きだした頃合いだから」

そのつれが答えて、白石をぱちりと置いた。

「何かあったまるものをおくれでないか」

「そうそう。酒のほかに汁ものも胃の腑にほしいね」

「けんちん汁ができますが」

厨から佐吉が言った。

「いいね」

「なら、おくれでないか」

「承知しました」

佐吉は頭を下げて鍋に向かった。

具を胡麻油で炒めてからだしを張る。醤油と味噌で味つけをするのは、故郷の上州下仁田の味だ。

牛蒡、大根、人参、里芋、蒟蒻、椎茸、油揚げ、豆腐。

これでもかというほど具が入っている。

大ぶりの椀に盛り、最後に刻み葱を散らせば出来上がりだ。

「葱をべつにすれば、八つの具が入った『八味けんちん』でございます」

佐吉は盆を座敷に運んでいった。

「おお、こりゃうまそうだ」

「ただの汁じゃないね」

「さっそくいただこう」

二人の客は碁を打つ手を止めた。

「いい香りだ」

「腹が鳴ったよ」

八味けんちんの評判は上々だった。

「これだけで飯の代わりになるな」

「どの具もやけに味がしみてるじゃないか」

「それでいてちゃんと歯ごたえが残ってるのは料理人の腕だね」

座敷の客が口々に言った。

「恐れ入ります」

佐吉は頭を下げ、客に見えない奥のほうへ下がると、おのれもまかないを兼ねて八味けんちんを食した。

たしかに、満足のいく出来だった。

ただ……。

惜しむらくは、蒟蒻が違った。

葱も違う。

上州の風土に育《はぐく》まれた味の深さがなかった。

佐吉は母の味を思い出した。

そう言ってけんちん汁の椀を出してくれた母の顔が、いやにありありと浮かんだ。

「たんと食うべぇ」

味は思い出をつれてくる。

八味けんちんを食すにつれて、ふるさとの山や川のすがたがくっきりと浮かんできてたまらなくなった。

おっかあが生きているうちに、晴れて上州の地に帰れるだろうか。

下仁田の地を踏めるだろうか。

そして……。

なつかしいわが家のたたずまいがよみがえる。

まだ残っている鍋の具のかたちが、急にぼやけて見えなくなった。

# 第七章　決戦

## 一

その晩――。

下仁田の香屋の離れに、ひそかに灯《あか》りがともった。

「いいか」

押し殺した声が響いた。

「百両がかかった首だ。抜かるなよ」

地の底から響くような声だった。

「へい」

「合点で」

手下たちが答える。

「ま、あの世へ行く前にいいものを存分に食わしてやったからな、冥途《めいど》の土産にはなるだろうよ」

声の主は、寄場役人の島村丈吉だった。

ただし、八州廻りに相対するときとは、まるで声音《こわね》が違っていた。

「晩に出たすき焼き鍋が合図だったとは、夢にも思わなかったでしょうな、ぐふふ」

道案内の吉松がくぐもった笑いをもらす。

「知らせを聞いて、捕り手が増えてきたからな」

同じ道案内の繁造がうしろを手で示した。

そこにはいくたりもの悪相の者が控えていた。いずれも黒装束《しょうぞく》に身を包んでいる。

「やることに抜かりがありませんな、かしら」

笑みを浮かべて言ったのは、香屋のあるじの新右衛門だった。

八州廻りが泊まった旅籠は、盗賊のねぐらの一つだった。ねぐらにいざない、機を見て息の根を止めるつもりだった。その符牒になったのが、夕餉のすき焼き鍋だった。

「われながら、隙のねえ陣立《じんだ》てだったな」

島村丈吉が言った。

「かしらは将棋も無敵ですからな」

新右衛門が言った。

「玉は包みこむように寄せよ、と格言にある。もう逃げられめえ」

「かしらが一枚も二枚も上手でさ」

吉松が追従《ついしょう》を言った。

寄場役人の島村丈吉は、かしらと呼ばれていた。

丈吉には二つの顔があった。

寄場役人は、盗賊のかしらでもあった。

島村丈吉と蝮の羅刹は、同じ人物だった。

二

上州の沼田を根城にする盗賊、蝮の羅刹は、実は寄場役人の島村丈吉だった。

一人二役を演じていたのだ。

「もし八州さまの身に何かございましたら、わが孫子の代までの恥になりますゆえ」

寄場役人はそう言って眉間にしわを浮かべた。

あれはむろん芝居だった。思わず笑みが浮かんだりしないように、ぐっと眉間にしわを寄せたのだ。

「気をつけてくださいましよ。その男は、蝮の羅刹っていう盗賊の一味から抜けてきたやつなんで」

いくらかあいまいな顔つきで島村丈吉は言ったものだ。あれは酔いが回ってきたせいではなかった。

「真田信之公みたいに九十まで生きて、関八州の盗賊を束ねてやるんだと、ほらばっかり吹いているそうですよ」

そう告げた寄場役人が、当の盗賊、蝮の羅刹だった。

むろん、道案内の吉松も手下だった。

「蝮の羅刹に知れたら、ただじゃすまねえ」

という寄場役人の言葉に、妙なところで笑ったのは無理もないことだった。

それからほどなくして名前談議になり、今度は島村丈吉が妙な笑みを浮かべて告げた。

「わたしの女房の名は、せつと言うんですよ」

これはさりげない謎かけだった。

なぜなら……。

島村せつ（しまむらせつ）、を並べ替えれば、蝮（まむし）の羅刹（らせつ）になるからだ。

寄場役人島村丈吉は、女房の名を並べ替えて盗賊の名にしていたのだった。

その蝮の羅刹が、ついに面を脱いだ。

「沼田と下仁田、二つところで土産を持って江戸へ行きゃあ、鬼凪の喜三郎の残党さんも大喜びだろうよ」

寄場役人でもある男が言う。

「沼田の土産はもういただきましたから」

新右衛門がにやりと笑った。

「あとは八州廻りの首だ。だいぶ眠りが深くなってきた頃合いだろう」

蝮の羅刹はおのれの首を手でたたいた。

「それにしても、牛肉の取り持つ縁でしたな」

手下の吉松が言った。

「江戸ですき焼き鍋を出してるやつがいると聞いて、おれの鼻がひくひくうごめきやがったんだ」

盗賊のかしらはおのれの鼻を指さした。

「さすがは、かしら」

道案内で香屋の番頭でもある繁造がおだてあげる。

「縁あってもうけ話が舞いこんだんだから、こりゃあものにしねえとな」

蝮の羅刹はそう言って、こぶしを手のひらにばちんと打ちつけた。

縁あってのもうけ話とは、こうだった。

上州を荒らしまわっていた盗賊、鬼颪の喜三郎は、八州廻り藤掛右京がお縄にした。盗賊は手下とともに獄門になったが、なかには網をかいくぐって逃げおおせた者もいた。

その最後に残った砦とも称すべき者が、かしらから一字を得た喜十郎《きじゅうろう》という男だった。

喜十郎も上州者、しかも、真田信之公ゆかりの隠れ牛の里につながる者だった。秘密が知られぬように、厳しい目を光らせている隠れ牛の里だが、周りに城壁を巡らしているわけではない。知恵を絞れば、ひそかに手づるをつなぎ、牛肉を外へ持ち出すこともできた。

喜十郎にはそんな才覚があった。包丁の心得もある喜十郎は、ひそかにすき焼き鍋の見世を江戸で始めた。

すき焼き鍋の見世は、すでに沼田にあった。

藩主のために調理を行っていた料理人がとくに許されて始めた由緒正しい見世で、遠祖の真田氏の真の字をいただき、真庵《まことあん》と命名されていた。

身元のはっきりした客しか迎えず、のれんも表立って出していない見世だが、うわさを聞きつけた喜十郎は知恵を絞ってもぐりこみ、すき焼き鍋のつくり方を目と舌で覚えた。そして、江戸で新たな見世を始めたのだった。

喜十郎にはあきないの才覚があった。

すき焼き鍋で上等の上州肉を味わえるのなら、金に糸目はつけない。

そんな裕福なあきんどは、江戸にはそれなりの数がいた。

そういった好き者にすき焼き鍋を供しているうち、少しずつ客の輪が広がってきた。あきんどばかりでなく、殿様までお忍びで食しに来るようになった。喜十郎のふところはだんだんにうるおっていった。

そんなおり、江戸のすき焼き鍋の見世の話を蝮の羅刹がかぎつけた。

上州で押し込みをしたあと、しばらくほとぼりを冷ますために江戸で身を隠すことがあった。そのための手形のたぐいも抜かりなく用意してある。

沼田で押し込みをしたあと、いったん江戸へ逃げこんだ蝮の羅刹は、鬼瓰の喜三郎の残党が営む見世ですき焼き鍋を食した。

手下と押し込みについて話しているのを耳にした喜十郎は、こんな申し出をした。

「おいらのかしらの敵《かたき》を取ってくだすったら、百両だって出しますぜ、親分さん」

喜十郎にとってみれば、かしらを獄門にかけた八州廻りは憎き敵だった。

さりながら、いまは江戸ですき焼き鍋の見世を営む身だ。ほかの手下はあらかた退治されてしまい、頼れる者はいない。

もともと、喜十郎は鬼瓰の喜三郎の稚児《ちご》上がりで、細身の優男《やさおとこ》だ。剣術の腕などからっきしない。

敵を討ちたくても手の出しようがない。そう切歯《せっし》扼腕《やくわん》していたところへ、蝮の羅刹が客として訪れた。これは喜十郎にとってみればもっけの幸いだった。

「ほんとかい？」

蝮の羅刹はにわかに乗り気になった。

「嘘は申しません。かしらの敵討ちなら、百両は安いもんでさ」

喜十郎は請け合った。

「分かった。必ず寝首をかいてやるぜ」

寄場役人でもある男が厚い胸をたたいた。

「どうかよしなに」

江戸ですき焼き鍋屋を営む男は深々と頭を下げた。

三

こうして、絵図面ができあがった。

事は按配よく運び、八州廻りが網にかかった。

あとは仕上げを待つばかりだ。

「そろそろ出番か」

髭面の男が二の腕をたたいた。

今夜がいよいよ八州廻り退治と聞いて、べつの旅籠からひそかにかけつけてきた用心棒だ。

「へい、頼みますぜ、先生」

蝮の羅刹が言う。

「やにわに寝首をかくだけでよいのか」

もう一人の屈強な男が腕を撫《ぶ》した。

相撲取り上がりで、身の丈は優に六尺（約百八十センチ）を超える。

「詰みがあるときは、さっさと詰ませちまいましょうや」

将棋になぞらえて、盗賊と寄場役人を兼ねる男が言った。

「分かった」

「なら、一気にやっちまおう」

大男は槍を手元に引き寄せた。

「よし、ならそろそろ」

蝮の羅刹がおもむろに腰を上げた。

そのとき、本家のほうで声が上がった。

ぎゃっ……

短い悲鳴が聞こえた。

「どうした」

蝮の羅刹の顔色が変わった。

「かしら」

吉松と繁造、二人の道案内が立ち上がる。

香屋の離れに、提灯がゆれながら近づいてきた。

そして、声が響いた。

「蝮の羅刹こと島村丈吉、ならびにその手下ども、神妙にいたせ」

よく通る声の持ち主は、そう告げてから名乗りを上げた。

「われこそは関東取締出役、藤掛右京である」

そして、ひときわ厳しい声で告げた。

「神妙にお縄につけ」

眠りが深くなるまで待ち、八州廻りの寝首を一気にかくという段取りは狂った。

「しゃらくせえ」

蝮の羅刹の形相が変わる。

「ええい、やっちめえ」

血の気の多い手下が長脇差を抜いた。

「お願いいたしやす、先生方」

盗賊のかしらは言った。

「おう」

「覚悟しな、八州」

用心棒は庭に飛び出した。

「召し捕れ」

右京は声を発した。

ただし、手勢は少ない。

筋のいい剣士とはいえ、まだ場数を踏んでいない竹一。

目明かしの平蔵。

それに、手裏剣の心得のある足助。

これだけしかいなかった。

「食らえっ」

右京に向かって、いきなり槍が突き出されてきた。

身をかわすか、撥《は》ね上げるか、一瞬のためらいが死を招く。

それほどまでに、用心棒の振るう槍は鋭かった。

すんでのところで、右京は身をかわした。

「死ねっ」

すぐさまべつの手下が襲ってきた。

やにわに振り向き、袈裟《けさ》懸《が》けに斬って捨てる。

「平蔵、うしろだ」

右京は声を発した。

わが身ばかりでない。配下の者にも気を配らなければならない。

「ぐえっ」

平蔵は間一髪で難を逃れ、短刀で襲ってきた敵の肺腑《はいふ》をえぐった。

月あかりが香屋を照らす。

敵も見えるが、おのれの姿も敵に見える。

右京めがけて、また槍が突き出されてきた。

「ぬんっ」

腰のあたりを狙った鋭い槍だった。

身をかわすことも、撥ね上げることも難しい。

右京はとっさに跳び上がった。

ふくらはぎばかりではない。腿《もも》の付け根にも力をこめ、やにわに跳んですんでのところで槍をかわした。

「ぐえっ」

下りる際に剣を振るう。

それは過《あやま》たず、用心棒の首筋を斬り裂いていた。

血振りをする。

右京は気を抜かず、次の敵に立ち向かっていった。

髭面の用心棒だ。

左蜻蛉《とんぼ》の高い構えを見ただけで分かった。

一撃必殺の剣だ。

ひとたび剣が動けば、ぐんと切っ先が伸びてくる。

だが……。

ここでまずいことになった。

小者の竹一が敵に囲まれてしまったのだ。

「右京さま」

悲痛な声が響いた。

加勢に行きたいのはやまやまだが、いまは侮れぬ敵と相対している。

目をそらしただけで、敵の剣が勢いよく振り下ろされてくるだろう。

「足助！」

右京は視野に入っていない小者の名を呼んだ。

竹一の危難を救えるとしたら、足助の飛び道具しかない。

その読みは正しかった。

「うわっ」

敵の悲鳴が響いた。

足助の放った手裏剣が、竹一を取り囲んでいた賊の眉間に突き刺さったのだ。

場を覆っていた気が揺らいだ。

その刹那《せつな》の変わりようを、右京は見逃さなかった。

一歩前へ踏み出す。

敵を仕留めるために踏みこんだのではない。

囮《おとり》の動きだ。

髭面の剣士は、隙あり、と見た。

それとともに、身が動いた。

思案する前に斬る。

そういう修練を積んできた剣士だ。

右京はそれを逆手《さかて》に取った。

先に攻めさせ、生まれたわずかな隙を突くのだ。

「ていっ!」

気合もろとも、一撃必殺の剣が振り下ろされてきた。

剣風《けんぷう》が右京の顔をなでる。

しかし……。

剣先は八州廻りに届かなかった。

いったん前へ出て敵を誘い、素早くうしろに下がった右京は、間一髪で敵の凶剣をかわした。

一瞬の隙ができた。

ここでためらってはいけない。

右京は臆《おく》せず前へ踏みこみ、斜め上から斬り下ろした。

後《ご》の先《せん》の剣だ。

用心棒は悲鳴すら発しなかった。

眉間を割られた男は、血しぶきを上げながらゆっくりとうしろへ倒れていった。

四

「うわっ」

倒れた用心棒のさまを見て、蝮の羅刹は顔色を変えた。

それでも、闘志はまだ衰えていなかった。

ここで百両の首を見過ごすわけにはいかない。そもそも、八州廻りの息の根を止めておかなければわが身が危ない。

「ひるむな。まず手下をやっちめえ」

盗賊のかしらは叱咤《しった》した。

「おう」

「覚悟しな」

手下は竹一を取り囲んだ。

それを見て、平蔵が加勢に出た。右京も続く。

「うっ」

平蔵がうめいた。

太腿を斬りつけられたのだ。

「あの世へ行きな」

敵は剣を両手で握り、思い切り体当たりを食らわせようとした。

だが……。

あの世へ送られたのは、敵のほうだった。

横ざまに振るわれた右京の剣が、うしろあたまを斬り裂く。

平蔵を襲った男は目を剝《む》いて前のめりに倒れた。

「八州さま」

平蔵が傷口を押さえた。

「大丈夫か」

右京が気遣う。

「かすり傷でさ」

目明かしは強気で答えた。

「おい、何をしている。助けだ」

本家からこわごわ覗きこんでいた者たちに、右京は鋭く言った。

離れに集まっていたのは、二人の道案内と旅籠のあるじを含めてすべて盗賊の息がかかった者たちだが、むろんのこと関わりのない者たちもいた。

荷を運んだり、咎人《とがにん》を江戸へ送る手助けをしたりする者たちは、八州廻りの手下のようなものだった。

ただし、立ち回りには向かない。ただならぬ気配を察して起き出してきたものの、遠巻きにして気をもみながら成り行きを見守っているだけだった。

「へ、へい……」

二人が及び腰で近づいてきた。

「怪我人を頼む」

右京は平蔵を手で示した。

「右京さま」

竹一が慣れない剣をふるい、敵の攻めを危ういところでかわした。

「いま行く」

右京は素早く近づいた。

そこからは獅子奮迅《ししふんじん》の動きだった。

竹一を殺《あや》めようとしていたいくたりもの敵を、蹴散らすがごとくに一人また一人と斬り倒していった。

月あかりがそのさまを浮かび上がらせる。

何かが乗り移ったような八州廻りの剣が閃《ひらめ》くたびに、盗賊の手下はなすすべもなく地に倒れ伏していった。

それを見た蝮の羅刹の顔が、にわかに引き攣《つ》った。

「ひ、退《ひ》けっ」

そう言うなり、当のかしらが真っ先に逃げ出した。

「沼田へ退けっ」

大声で命じたかと思うと、盗賊のかしらはもう振り向こうともしなかった。

「か、かしら」

道案内の吉松があわてて続く。

「待っておくんなせえ」

繁造も必死にあとを追った。

「捕らえよ」

右京は命じた。

逃げ遅れた男を、ただちに竹一ともう一人の荷役夫が捕らえた。

それは、香屋のあるじの新右衛門だった。

「あ、あんたは……」

おかみのおまさが目を瞠《みは》った。

信じられないものを見たという顔をしている。盗賊の息がかかっていることを、旅籠のあるじはどうやらひた隠しにしていたらしい。

新右衛門は何も答えなかった。

がっくりとひざをつき、うなだれているばかりだった。

「捕縛せよ」

右京は竹一に命じた。

「はっ」

小者は機敏に動いた。

平蔵の太腿の傷は、命取りにはなりそうになかった。

ほかの者に命じ、まずは根元を縛って血を止めることに専念する。

「へまをやらかして、相済まねえこって」

目明かしは申し訳なさそうに言った。

「なんの。働きであった」

盗賊の手下たちのむくろを吟味しながら、右京は労をねぎらった。

なかには死んだふりをしている者がいるかもしれない。念のために一人ずつあらため終えると、右京は次の段取りに移った。

「足助」

脚自慢の小者を呼ぶ。

「はっ」

足助はすぐさま前に姿を現した。

「裏道を通り、沼田へ先回りしてくれ」

右京はきびきびと告げた。

「江坂さまにおつなぎするのでございますな?」

小者は心得て言った。

「そのとおり」

右京はにやりと笑った。

「おまえの脚なら、先回りするのはいともたやすいはず」

「お任せください」

足助は表情を変えずに答えた。

「三十郎なら、もう尻尾はつかんでいるはずだ。沼田でもいろいろ悪さをしてきたようだからな」

「おそらくは」

と、足助。

「蝮の羅刹が沼田の手下を頼り、手勢を整え直そうとしても、そうはいかない。挟み撃ちにしてやる」

右京は引き締まった顔つきで言った。

「では、さっそく沼田へ」

足助が言った。

「頼むぞ」

力のこもったまなざしで、右京は忍びの者を見た。

# 第八章　上州うどん

## 一

沼田は坂の町だ。

大小とりどりの坂が町の四方へ走る。雨が続けばぬかるみで難儀をすることもあるが、坂を上りきったところで拓《ひら》ける絶景は、この町で暮らす人々への恩寵のようなものだった。

ことに美しいのは、四季おりおりの山々のたたずまいだ。厳しい風も吹かせる山だが、あたたかい貌《かお》も見せて沼田の人々を育《はぐく》む。

そんな真田氏ゆかりの町に、八州廻り江坂三十郎の一行が投宿していた。

寄場役人や道案内もいるが、片腕となっていたのは岩鼻《いわはな》代官所の手代の介川和《すけかわわ》太郎《たろう》だった。言わば八州廻り見習いのような役どころだが、頭の回りが速く、悪を憎む心も十分に持っている。なかなかに頼もしい若者だった。

「手すさびで描いたものだが、一枚やろう」

三十郎はそう言って、沼田の景色を描いた絵を差し出した。

「手前にいただけるのでございますか？」

旅籠のあるじが驚いたような表情になった。

「おう。沼田にいたら、いくらでも絵を描ける。四方の山に利根川《とねがわ》に坂の町並み、画題には事欠かないからな」

三十郎が笑みを浮かべた。

「坂をちょっと上るだけで、いい景色になりますからね」

和太郎がそう言って酒を注ぐ。

「ありがたく存じます。家宝にいたします」

あるじはうやうやしく絵を押しいただいた。

「ところで、例の押し込みの件ですが……」

和太郎がいくぶん声をひそめた。

「すき焼き鍋屋の押し込みか」

三十郎が眉をひそめた。

廻村は順調に進んでいた。そのあいだに、さまざまなことが八州廻りの耳に入ってきた。

ここ沼田でも、芳《かんば》しからぬことが起きていた。

真田信之公ゆかりの上州すき焼き鍋を供する見世は、沼田に一軒だけあった。真庵だ。

真田から真の一字をいただいた由緒正しい見世で、一子相伝ですき焼き鍋の伝統を継いできた。

真田はなくとも、沼田に真庵あり。

ひそかにそう言われているほどだった。

真田信之が九十歳にしてようやく隠居を許されたあと、沼田藩は複雑な跡目争いに揺れることになった。その末に、領民は重税に苦しめられ、藩は幕府から命じられた両国橋架け替えの用材を調達できず、あえなく改易となってしまった。

真田家は松代《まつしろ》藩のみの支配となり、沼田藩は本多家から黒田家を経て土岐《とき》家へと支配が変わっている。

それでも、信之公ゆかりのすき焼き鍋を供する真庵だけは健在だった。

つい三月《みつき》前までは……。

「そうなんで」

代官所の手代が座り直した。

「跡取り息子のあるじとその女房のおかみが殺《あや》められてしまいましたが、隠居していた先代とその娘は伊香保《いかほ》へ湯治に出ていて難を逃れました。ただし、気落ちが激しく、とても真庵をやり直す気にはならないという話で」

和太郎が伝えた。

「無理もないことだ」

三十郎が言う。

「ほんに、お気の毒なことで」

いくらか遅い昼の料理を運んできたおかみが陰った表情で言った。

「見世の看板は、こちらだったはずですが、うどん打ちは力がいりますからね」

あるじがそう言って、大きなざるに盛られたうどんを置いた。

真っ白で少し縮れた上州うどんだ。

これを熱いつゆにつけて食すのが上州流だ。椀には葱と油揚げがふんだんに入っている。いくらでも胃の腑に入りそうな名物料理だった。

すき焼き鍋を出すとはいえ、おおっぴらに牛肉の料理を看板にするわけにもいかない。肉食は忌むべきものという考えは根強く残っているからだ。

そこで、真庵は表向きの看板料理を上州うどんにしていた。これなら押しも押されもせぬ名物料理だ。

そのうどんを食しながら、さらに話は続いた。

「父と娘の居場所は分かっているのか？」

三十郎は和太郎に問うた。

「はい。耳には入っております。まだ盗賊を恐れて、身を隠しているようですが」

和太郎は声を落として答えた。

「蝮の羅刹か。だいぶ網は狭まってきたがな」

八州廻りはにやりと笑った。

「ずっと沼田に詰めているわけではなく、上州のほうぼうを荒らしまわっている神出鬼没のやつですが、沼田のねぐらはおおよそのあたりがついてきましたね」

と、和太郎。

「それはどこでございます？」

あるじがたずねた。

「軽々しくは答えられねえんだ、悪いな」

八州廻りはそこはかとなくにらみを利かした。

うち見たところ、旅籠のあるじもおかみもいたって善良な民だが、うかつなことを口走ってよもやのことがあったりしたら画竜点睛《がりょうてんせい》を欠くことになる。

盗賊のねぐらとおぼしい場所にはそれとなく見張りをつけておき、当の盗賊が戻ってきたところを見計らって一網打尽にしてやるのが上策だ。

「余計なことを申し上げました。相済みません。では、うどんもつゆもお代わりがたんとございますので」

あるじは笑みを浮かべた。

「御酒《ごしゅ》もお申し付けくださいまし」

おかみも和す。

「おう。ゆっくりやらせてもらうぜ」

三十郎は軽く右手を挙げた。

二

その後は上州うどんをたぐりながら、今後の打ち合わせになった。

道案内と寄場役人は、廻村の段取りを打ち合わせてからいったん部屋へ下がらせた。盗賊の息はかかっていないようだが、気をつけるに若《し》くはない。

三十郎と和太郎だけが残った。

腰のあるいいうどんだが、さすがに腹にたまる。いつしか箸が止まった。

「で、ねぐらの件だが……」

三十郎が心持ち目をすがめた。

「滝坂《たきざか》の油屋《あぶらや》がやはり怪しいようですね」

代官所の手代が答えた。

「その名のとおりの油屋だな」

「はい。名を記した看板が出ていないので、通り名の油屋とみな呼んでます。あるじの巳之吉《みのきち》は因業《いんごう》なあきないぶりで、かねてより良からぬうわさがあったようですが」

「盗賊の手下だったとしたら、良からぬどころじゃないな」

三十郎はそう言って猪口の酒を呑み干した。

すぐさま和太郎が注ぐ。

「七日市《なのかいち》の庄屋や、伊勢崎《いせざき》の絹織物問屋に押し込んだときは、油を撒いて火をつけやがった。どうもその油は、油屋のものを使ったらしい」

八州廻りが言う。

「ほうぼうの油屋を調べたところ、怪しい見世が残ったということですね」

和太郎がうなずいた。

「盗賊のねぐらにしちゃ上出来だ。さりながら……」

また猪口を干してから三十郎は続けた。

「納めるべき年貢は納めてもらわないとな」

八州廻りの眼光が鋭くなった。

「悪さをした人たちへの償いも」

「償えるものじゃあるまいが、地獄でわびてもらおう」

「はい」

和太郎が短く答えたとき、三十郎の顔つきが変わった。

酒を呑んでいたとは思えぬほどの身のこなしで、刀をつかみ、柄に手をかける。

だが……。

ひそかに近づいてきたのは敵ではなかった。

「わたくしです、江坂さま」

藤掛右京の小者、足助の声が響いた。

三

「一刻を争うな」

三十郎は言った。

「はい。右京さまは挟み撃ちにしたいと」

足助はそう言うと、一つ息をついた。

さしもの韋駄天も、山越えの近道の夜走りはこたえたらしい。あとで聞いたところによれば、途中で猪に出くわして冷や汗をかいたようだ。

「よし、陣立てだ。油屋の前に網を張ろう」

三十郎は引き締まった顔つきで告げた。

旅籠はにわかにあわただしくなった。

寄場役人は明石松吉《あかしまつきち》、ここまでの道案内は大助《だいすけ》と梅三郎《うめさぶろう》だった。蝮の羅刹が沼田に向かっているという話を聞き、おのずと緊張が走る。

「悪いが、握り飯と茶を用立ててくれ。夜までかかるやもしれぬからな」

三十郎が命じた。

「承知しました」

「急ぎ、つくります」

あるじとおかみは答えた。

「塩むすびでいいぞ」

三十郎が笑みを浮かべた。

「舞茸《まいたけ》の佃煮がございますので」

「舞茸も上州の特産ですから」

旅籠の二人の声がそろう。

「炊き込み飯にしたらうまいからな。天麩羅もいい」

三十郎が言った。

「上州うどんにのっけてもうまいですぜ」

道案内の大助が言った。

「沼田から渋川にかけてなら、どんな道でも頭に入っているというふれこみの男だ。ここまでの廻村では頼りになった。

「本当に油屋がねぐらなんですかい？　あっしには腑に落ちねえんですが」

もう一人の道案内の梅三郎が首をひねった。

こちらも手際のいい男で、目明かしとともに博打で捕らえた者たちの吟味もそつなくこなしてきた。

「と言うと？」

三十郎が短く問う。

「沼田で長くあきないを続けてきた見世なんで、そんなことに手を染めてるとは思いたかねえんですが」

梅三郎は首をひねった。

「気持ちは分かるが、情《なさけ》は禁物だぞ、梅三郎」

「へい」

「油を撒いて火をつけるやり口から見ると、蝮の羅刹は油をどこぞで調達している。そのあたりをしらみつぶしにしていって、やっと浮かび上がってきたのが沼田の滝坂の油屋だ。下仁田で右京に追われて沼田へ向かったとすれば、まずもってその油屋に網を張るのが策だろう」

八州廻りが筋道を立てて言うと、道案内はいくらか不承不承ながらも呑みこんだ顔つきになった。

足助は腹ごしらえをしていた。

三十郎と和太郎がもてあましたお代わりの上州うどんを、夜から休みなく駆けてきた小者は一気に平らげた。

「よほど腹が減ってたんだな」

三十郎が笑う。

「はい。先回りをしなければなりませんでしたから」

足助はそう答え、つゆをうまそうに啜《すす》った。

胃の腑の具合がおさまったところで、下仁田での捕り物について詳しい話を聞いた。

「さすがは右京だ」

三十郎はうなずいた。

「われらと挟み撃ちにすれば、さしもの盗賊も一巻の終わりだろう」

「なら、陣立てはどうします？」

梅三郎が真っ先に訊いた。

「道順を考えると、坂の上手《かみて》から来るとは思えない。下手《しもて》のほうに網を張ればいいだろう」

「承知しました。ちょうどいい按配の神社がありますんで」

もう一人の道案内の大助が笑みを浮かべた。

ほどなく、支度が整った。

八州廻りの一行は、旅籠を出て滝坂に向かった。

四

同じころ――。

藤掛右京は沼田に向かっていた。

手傷を負った目明かしの平蔵は下仁田に残してきた。旅籠のあるじの新右衛門は盗賊の手下だったが、おかみのおまさにも隠していたらしい。おかみはまったく寝耳に水だったようで、泣き叫ぶほどの取り乱し方だった。

どこまで蝮の羅刹の息がかかっていたか。これはじっくり吟味しなければならない。

しかしながら……。

本来なら吟味する側の寄場役人が盗賊で、道案内役がその手下だった。まずは信に足る者を探し出し、むくろの始末や旅籠の下働きの者などの吟味を託していかなければならない。

むろん、平蔵の療治もある。足が動くようになりさえすれば、上州にはいい湯治場がたんとある。草津でも伊香保でもいい。ほかにも四万《しま》も老神《おいがみ》も磯部《いそべ》もある。食い物ばかりでなく出湯《いでゆ》も宝蔵だ。そういった恩寵《おんちょう》のごとき湯に幾日か浸かれば、傷はたちどころに治るだろう。

それやこれやで、後始末に時を殺《そ》がれた。

すべての片がついたときは、東の空が白《しら》みはじめていた。

「もうだいぶ先へ行ってるだろうな」

右京は顔をしかめた。

「馬を手配できれば追いつけますよ」

竹一が知恵を出した。

「そうか。われらは二人だけになったからな」

「へい。寄場役人も道案内も、ついでに旅籠のあるじもいなくなりましたから」

竹一は苦笑いを浮かべた。

それからほうぼうで人をたたき起こし、馬の調達にかかった。

泣く子も黙る八州廻りの命《めい》だ。ほどなく二頭の馬が引き出されてきた。

むろん、沼田までは遠い。途中でほかの馬に乗り継がねばならないが、これで遅れは取り戻せる。

「足助はもう山を越えた頃合いだろう。日の高いうちに沼田へ着くはずだ」

右京は言った。

「ならば、われらも」

竹一がいい声を出す。

「おう」

右京は馬の首筋をたたいた。

「頼むぞ」

八州廻りはひらりと馬にまたがった。

竹一も続く。

斬られた右脚に身の重みをかけないようにしながら、目明かしの平蔵が言った。

「お達者で」

「おまえもな。養生せよ」

右京は馬上からあたたかい声をかけた。

「へい、面目《めんもく》ねえこって」

目明かしは無念そうに言った。

「気持ちは分かるが、養生いたせ」

右京はそう言い残すと、竹一のほうを見た。

「行くぞ」

「へい」

二頭の馬は下仁田を離れた。

五

「いずれ吠え面をかかせてやるぜ」

沼田の城下が近づいたところで、蝮の羅刹が言った。

「ねぐらでひと息ついてから、その算段をしましょう、かしら」

その片腕が言った。

「八州の泊まり場所が分かったら、油を撒いてやりましょうや」

「火付けだ、火付けだ」

手下が口々に言う。

「仕返しをしてやるのがいちばんだが、今度は抜かるな。万が一、手が回ってるかもしれねえからな」

寄場役人を兼ねる男が言う。

「油屋にですかい？」

「そうだ。あの八州、なかなか侮れねえからな」

「もしそうなったらどうします？」

手下の一人がたずねた。

「そりゃあ、決まってら。江戸へ逃げこむのよ」

蝮の羅刹は答えた。

「江戸まで逃げたら、八州廻りは手出しができませんからね」

片腕の男が言う。

「そのとおりよ。関東取締出役は、江戸の外でしか捕り物ができねえ。江戸のご府内へ戻ったらこっちのもんさ」

蝮の羅刹が言った。

「向こうにもねぐらがありますからな」

「土産もかっさらってあるし」

手下の一人が身ぶりをまじえた。

「だがよ。沼田のねぐらがまだ使えるんなら上々吉《じようじようきち》よ」

蝮の羅刹は笑みを浮かべた。

「さすがに、寄場役人を続けるのは無理ですかい」

「そりゃあ無理だろう。さんざんうまい汁を吸ってきたんだ。島村丈吉も本望だろうよ」

「てめえでてめえを成仏させられるのは、かしらだけですぜ」

「姐《あね》さんと子供はどうするんです?」

手下が問う。

「さあな。なんとかやってくだろうぜ」

蝮の羅刹は冷たく言った。

「そんな薄情な」

「情のある盗賊ってのは締まらねえからな」

「へへ、まったくで」

そんな話をしているうちに、沼田の滝坂が近づいてきた。

「手は回ってねえですかい、かしら」

片腕が声をひそめた。

「おう。気をつけな」

蝮の羅刹が低い声で言う。

「もし捕り方がいたらどうしやす？」

べつの手下が問うた。

「江戸に向かって一目散よ」

盗賊のかしらは、腕を振って逃げるしぐさをした。

「逃げるんですかい？」

「また立ち回りになったら分が悪いぜ。下仁田でだいぶやられちまったからな」

蝮の羅刹は舌打ちをしてから続けた。

「八州の力の及ばねえ江戸まで逃げ込んだら、いくらだって立て直せるぜ」

「へい」

相談がまとまり、一味が滝坂を上りはじめたとき、神社のほうからだしぬけに声が響いた。

「逃げろ。八州廻りが網を張ってるぞ」

沼田じゅうに響きわたるような声だった。

「いけねえ」

「逃げろっ」

蝮の羅刹は真っ先に逃げた。

「待ってくだせえ、かしら」

手下たちが続く。

ねぐらの油屋に落ち着こうとした盗賊の一味は、算を乱して逃げだした。

六

「おのれは」

江坂三十郎の形相が変わった。

盗賊の一味だったのは、道案内の梅三郎だった。

油屋に情をかけたのではない。道案内の男は蝮の羅刹の手下だった。ねぐらの近くの神社に網を張り、いままさに捕らえようとしたところで、思わぬ裏切りの声が飛んだ。

そればかりではない。梅三郎は匕首《あいくち》を抜き、向こう見ずにも八州廻りめがけて襲ってきた。

「食らえっ」

捨て身の攻めを、三十郎は素早く身をかわしてしのいだ。

「何をしている。追え」

八州廻りは手下に命じた。

「はっ」

「見失うな」

我に返ったように手下たちが動き出す。

坂の上手の油屋でも動きがあった。

「八州廻りだ」

「逃げろ」

そちらでも、蝮の羅刹の息がかかった連中が逃げ出す。

「かかってきな」

梅三郎が匕首を振り回した。

かしらの蝮の羅刹からは、裏切ったりしたら里の家族も親も皆殺しにしてやると脅されていた。逆に、いい働きをすれば、家族も楽な暮らしをさせてやると請け合ってもいる。そのあたりの甘辛の使い分けに、蝮の羅刹はずいぶんと長《た》けていた。

「ていっ」

三十郎の剣が一閃した。

匕首を下からはね上げ、返す刀で首筋を峰打ちにする。

「うぐっ」

ひと声うめいただけだった。

梅三郎は目を剝いて悶絶し、地に倒れ伏した。

「御用だ」

「御用」

たちまち捕り方が群がる。

三十郎は油屋のほうを見た。

いくたりかが袋を背負い、坂の上手のほうへ逃げようとしている。

「逃がすな」

三十郎は命じたが、捕り方の数が足りなかった。

「二つところへは行けません」

「どちらを追います？」

和太郎がたずねた。

八州廻りはとっさの判断を迫られた。

「足助」

三十郎は右京の小者を呼んだ。

「はっ」

脚自慢の小者が前に進み出た。

「おまえは先回りをし、代官所につなげ。蝮の羅刹が江戸に入る前に網を張って捕らえよ」

「右京さまがこちらに向かっていると思いますが」

いきなり大きな荷を背負わされた足助は、やや当惑したように答えた。

「来るかどうか分からぬ者は当てにならぬ。こちらは数が足りない。先んじて街道で網を張る算段をしてくれ」

三十郎は口早に告げた。

「承知しました」

小者は答えたが、どちらに向かうか迷う素振りを見せた。

「山越えの近道なら分かります」

寄場役人の明石松吉が手を挙げた。

「教えてやれ」

三十郎は短く言うと、坂の上手を見た。

油屋から逃げ出した者たちの影が、いままさに消えるところだった。

三十郎は肚を固めた。

まずは、目先の捕り物だ。

「追え」

滝坂の上手を、八州廻りは鋭く指さした。

七

「南無三、遅かったか」

右京は何とも言えない顔つきになった。

「足助を走らせている。さしもの韋駄天も疲れが見えるようだが、是非もないな」

三十郎が告げた。

「やむをえぬ。まずは捕らえた者の吟味だ」

「おう」

段取りが決まった。

油屋のあるじの巳之吉は、初めこそ知らぬ存ぜぬと言い張っていたが、右京が石抱きの責め問いをちらつかせると、口を割ってべらべらしゃべりだした。因業《いんごう》な者ほど責め問いは効くものだ。

そうこうしているうちに、もう一人の道案内の大助が捕り手とともに帰ってきた。

「雑魚《ざこ》しかひっ捕まえられなかったんですが、勘弁してくだせえ」

蝮の羅刹の一味を追ったものの、かしらには逃げられてしまったようだ。

「仕方がない。ご苦労」

三十郎が労をねぎらった。

「あとは知らせ待ちか」

右京は腕組みをした。

「それしかあるまいな」

相棒は渋い表情で答えた。

島村丈吉とは違って、明石松吉は頼りになる寄場役人だった。代官所の手代の和太郎も有能だ。日が暮れる前に、捕らえた者たちを入れる牢などの段取りはすべて抜かりなく整った。

「やっと夕餉を囲めるな」

三十郎が言った。

夜戦になることも考え、舞茸の佃煮入りの握り飯を用立てていったのだが、あいにく出番がなかった。そちらはほうびがてら手下たちに食わせた。

「馬を乗り継いで急いで来たから、腹が減った」

右京は竹一の顔を見た。

「捕り物のときにも腹が鳴りました」

加勢に出ていた若者が苦笑いを浮かべた。

「昼は上州うどんだったんだが」

三十郎が旅籠のあるじのほうを見た。

「あいにくうどんは出尽くしてしまいました。舞茸の炊き込みご飯などでいかがでしょうか」

あるじが申し訳なさそうに答える。

「できるもので良いが……すき焼き鍋はできないんだな？」

いくらか声をひそめて、右京は問うた。

「あれは、真庵にだけ許された料理でございますから」

あるじも声を落として答えた。

「すき焼き鍋の真庵の先代と娘は沼田にいるらしい。かわいそうに、蝮の羅刹の一味に押し込まれて、あるじとおかみは殺められてしまった」

三十郎は右京にいきさつを告げた。

「そうか……それは気の毒だったな。見世をまた開くつもりはないのだろうか」

右京が首をかしげた。

「頼みのせがれを殺められ、すっかり気落ちしていると聞きました」

和太郎が口をはさんだ。

「すき焼き鍋の肉は、牛の隠れ里まで山道を上り下りして調達しなければならないそうです。年が寄ってはつとまりますまい」

旅籠のあるじも気の毒そうに言った。

「居場所は察しがつくんですが、知らせてまいりましょうか」

和太郎が手を挙げた。

「そうだな。訊きたいこともある」

右京は三十郎を見た。

「先のことも読んでるわけか」

三十郎はにやりと笑った。

「おう。足助が目を瞠るような働きをして、首尾よく網が張られたら話はべつだが」

「下仁田から夜に山を越えてここまでつなぎに来ただけでも、目を瞠るような働きだったからな」

と、三十郎。

「さすがに二の矢は力が弱まるだろう」

「明らかに疲れの色は見えた。気の毒だったがやむをえまい」

「それがつとめだからな」

右京は言った。

「まあ何にせよ、敵が江戸へ逃げこんだあとの段取りを思案せねばならぬ」

右京は腕組みをした。

「ほかの八州廻りなら、江戸に逃げこまれたら町方につないで終わりだが」

相棒の言葉に、右京はおもむろに腕組みを解いた。

「おれは違うぞ」

刀の柄を、包丁人八州廻りは力強くたたいた。

# 第九章　沼田だんご汁

## 一

旅籠の夕餉は、沼田名物のだんご汁だった。

粉を練ってだんごにまとめ、具だくさんの汁にする。冬は冷たい風が吹き、坂がことのほか難儀になる沼田の人々の身と心を癒してくれるたましいの料理だ。

味つけはそれぞれに異なる。醤油でも味噌でもいい。味噌は白味噌も合わせ味噌もうまい。

「まあ何にせよ、大儀《たいぎ》だった。これを食って、今夜はゆっくり休んでくれ」

前から投宿している三十郎が、囲炉裏のほうを手で示した。

「いい按配に煮えてきたな」

右京が覗きこむ。

「当宿のだんご汁は、鴨肉を入れているのが自慢です。代わりもありますのでお申し付けくださいまし」

あるじが笑みを浮かべた。

「舞茸の炊き込みご飯もたんとご用意いたしました」

おかみも和す。

そんな按配で、囲炉裏の鉄鍋を囲んだ夕餉が始まった。

葱に里芋に大根に人参、それに蒟蒻と焼き豆腐。鴨肉とだんごのほかにもふんだんに入っている。

「これもうまいが……」

ひとしきりだんご汁を食してから、右京は言った。

「何か言いたげだな」

それと察して、三十郎が言う。

「ああ。下仁田ですき焼き鍋を食った。実は、それが符牒《ふちょう》になっていて、宿に盗賊の手下どもが集まってきたんだが」

「旅籠にも蝮の羅刹の息がかかっていたわけだな？」

相棒が問う。

「そうだ。おかみはあるじの裏の顔を知らなかったらしく、たいそう驚いていたがな」

「なるほど」

「ただし、料理に罪はない。下仁田で食ったすき焼き鍋は、初めて食した忘れがたい美味であった」

いくらか遠い目つきで右京が言ったとき、外で人の気配がした。

代官所の手代の和太郎が帰ってきた。

客をつれていた。鬢がだいぶ白くなった男と、年頃の娘だ。

「すき焼き鍋つながりか」

三十郎が言った。

察しをつけたとおりだった。

和太郎が案内してきたのは、真庵の先代の儀平《ぎへい》と、その娘のおこんだった。

二

右京は隣を空け、だんご汁をわが手で取り分けてやった。

「さ、食え」

儀平が恐縮そうに言った。

「恐れ入ります」

おこんも頭を下げる。その名は紺色に由来するのだろう、まとっている着物の色も深い紺だった。

「食え、うまいぞ」

右京は笑みを浮かべた。

「だんごと鴨肉が合ってますな、八州さま」

寄場役人の明石松吉が言った。

「合わせ味噌もちょうどいい按配で」

道案内の大助も和す。

「そうだな。素朴な美味だ」

右京はそう言って、それとなく三十郎の顔を見た。

相棒がわずかにうなずき、「この者らは信に足りる」と告げた。

寄場役人や道案内まで疑ってかからねばならないから、人を見る目はおのずと養われる。むろん、真庵の二人には後ろ暗いところはなかった。

その代わり、深い陰があった。

無理もない。

父と娘で伊香保へ湯治に出ているあいだに、頼みの息子とその女房を殺められてしまったのだから。

儀平もおこんも控えめに箸を動かしていた。

「これもうまいが、ひとたびすき焼きの味を覚えてしまうと、何か物足りぬな」

右京は儀平に言った。

「すき焼きの、味を」

真庵の先代は言った。

「そうだ。下仁田ですき焼き鍋を味わった。盗賊の手下だった旅籠でだが」

「そうすると、割り下は……」

儀平はあいまいな顔つきになった。

「甘めでこくのある割り下だった。忘れがたい味だ」

右京が告げる。

「それは、手前どもの割り下でございましょう」

「お兄ちゃんが毎日継ぎ足しながら大事に守っていた割り下です」

おこんがつらそうに言った。

「そうか。盗賊とともに食ったりして悪かったな」

右京はわびた。

「割り下は壺に入れていたのか」

今度は三十郎が問うた。

「はい。盗賊はせがれを殺めたばかりか、真庵の命の割り下まで奪っていったのでございますよ」

儀平はそう言って唇を噛んだ。

「ひでえことをしやがる」

「八州さまが二人もおいでだ。必ず敵を討ってくださるからな」

道案内と寄場役人が言った。

「いま小者を走らせている。代官所につなぎ、うまく網を張れれば、憎き盗賊を捕縛することもできよう」

右京の声に力がこもった。

おこんがうるんだ目でうなずいた。

「そなたは見世の手伝いをしていたのか？」

三十郎がたずねた。

「はい……お兄ちゃんが、おとっつぁんをつれてたまには湯治にでも行ってこいと言うので……」

そのあとは言葉にならなかった。

無念の気持ちが場に伝わる。囲炉裏を囲んでいた者たちはおのずと無口になった。

「もし江戸に逃げ込んだとしても、必ずこのおれが探し出し、敵を取ってやる」

右京は力強く請け合った。

「お願いいたします。なにぶん、せがれだけが頼りでしてなぁ……できることなら、代わってやりたかった」

真庵の先代は、喉の奥から絞り出すように言った。

また場が静まる。

「江戸にもすき焼き鍋を出す見世があり、そなたらの敵ともつながりがあるらしい。その場所などは知っているか」

右京は問うた。

「いえ。場所までは」

儀平は首を横に振った。

「何でもよい。手がかりになりそうなことはないか」

さらに問う。

「小耳に挟んだところによれば、彦根藩から牛肉の味噌漬けの献上を受けている諸藩のお殿様がお忍びで食べに来られるとか。ここから先のくわしいことは申し上げられないのですが」

真庵の先代は、にわかに言いよどんだ。

「諸藩とは譜代の大名か」

右京が身を乗り出す。

「さあ、そこまでは」

儀平はまた首を横に振った。

「彦根藩の井伊家が献上するのだから、吹けば飛ぶような外様《とざま》ということはあるまい。おそらく調べれば献上先が分かるはず」

三十郎はそう言うと、代わりのだんご汁の鍋を火にかけた。

「ならば、忍びで来そうな藩の上屋敷の界隈をしらみつぶしにすれば、そのうち網にかかりそうだな」

と、右京。

「すき焼き鍋は匂いがしますから、調べやすいかもしれません」

おこんがよく整ったおのれの鼻に手をやった。

「なるほど、それは良いことを聞いた」

右京は娘に笑顔を見せた。

「ところで……」

だいぶ歳の離れた父には、厳しい顔つきで問う。

「その小耳に挟んだというのは、隠れ牛の里か？」

そう問われて、儀平はにわかにうろたえたような顔つきになった。

「江戸のすき焼きの見世も、隠れ牛の里から肉を仕入れているはず。仕入先が同じであるからこそ、さようなことを小耳に挟めたのではないか？」

「……存じませぬ」

儀平は硬い顔つきで答えた。

眉間にくっきりとしわが刻まれたその顔には、まぎれもない恐れの色が浮かんでいた。

その後も言葉を替えてたずねたが、隠れ牛の里の話を出したとたんに儀平はかたくなになってしまった。

秘密を話せば祟りがあるぞ。

そんな脅され方をしているのかもしれない。

「まあ、良かろう」

継がれた酒を呑み干してから、右京は続けた。

「おれが自ら訊き出してこよう。隠れ牛の里への道筋を教えよ」

「八州さまがおん自ら隠れ牛の里に？」

儀平は驚きの色を浮かべた。

「沼田に八州廻りが二人いても始まらぬ。足助もすぐには戻ってくるまい。となれば、おれが動くのがいちばんだ」

右京は三十郎を見た。

相棒がうなずく。

真庵の先代は、額から脂汗《あぶらあせ》を流していた。

「おとっつぁん……」

おこんが小さな声をかける。

儀平は手で額の汗を拭《ぬぐ》った。

「言うな、と申し渡されているんだな」

様子を見ていた右京はそう見抜いた。

儀平がつらそうにうなずく。

「もし人に言ったりしたら、もうすき焼き用の肉は渡さない、それどころか、孫子の代まで牛の祟りがあるぞと……」

儀平は紙のような顔色で言った。

やはり、祟りか。

右京はうなずいた。

「おまえの名は出さぬ」

右京は約した。

「たまたま山中を調べていて見つけたことにすれば良かろう。沼田の真庵など知らぬ存ぜぬで突っぱね、江戸のすき焼き鍋の見世のことだけ聞き出してくれれば良い」

それを聞いて儀平は、ひと呼吸置いて小さくうなずいた。

ただし、その顔つきは決して晴れてはいなかった。

「お気をつけくださいまし」

真庵の先代は言った。

その唇は、わずかにふるえていた。

三

夜も更《ふ》けてきたから、真庵の二人は旅籠に泊まらせることにした。

蝮の羅刹に殺められた真庵のあるじは万平《まんぺい》、おかみはおさとといった。万平の妹のおこんは十六になったばかりで、見世の手伝いをしていた。表向きは上州うどんの見世だから、昼もそれなりの忙しさになる。

「こんなうめえもんをせがれはもう食えねえんだと思うと、相済まなくて胸がいっぱいになります」

舞茸の炊き込みご飯を食べていた儀平は、ふと箸を止めて言った。

おこんが小さくうなずく。

舞茸のほかに油揚げとささがきの牛蒡が炊き込まれている。きつめに塩胡椒をして香ばしいお焦げも楽しめる口福の味だ。

「見世はどうするつもりだ？」

具が残り少なくなってきただんご汁を食しながら、右京はたずねた。

「手前はもう体が続きません。それゆえ、せがれに譲ったんですから」

真庵の先代はつらそうに答えた。

「できることなら、お兄ちゃんの跡を継ぎたいとは思ってるんですけど」

おこんが言った。

「肉の仕入れもある。表の顔のうどん打ちだって力が要《い》る。おなごには無理だ」

父は諭《さと》すように言った。

「婿を取れば良いのではないか」

三十郎が言ったが、おこんは赤くなって顔を伏せた。

「いまのところ、当てもありませんので」

儀平の肩は落ちたままだった。

締めのうどんが運ばれてきた。

散らされた葱の青さが目にしみるかのようだ。

鍋に入れると、うどんにたましいが入ったような按配になった。

「伊香保の近くに名物の水沢《みずさわ》うどんがあると聞いたが」

右京が儀平に問うた。

「はい。水沢うどんを食べがてら、伊香保へ湯治に出かけたんです」

真庵の先代が答える。

「そうか。こしがあってうまいと聞いた」

だんご汁鍋の締めのうどんを食しながら、右京が言った。

水沢うどんといえば、稲庭《いなにわ》、讃岐《さぬき》と並ぶ、日《ひ》の本《もと》の三大うどんに数えられている。

「はい。水澤観音の界隈ばかりでなく、伊香保にも見世ができています」

「榛名詣では大変なにぎわいですから。ほうぼうから人が来るので、関所みたいなところまでできたくらいですから」

代官所の手代がそう言ってうどんを啜った。

「たれには工夫があるのか」

そこだけは包丁人の顔で、右京は問うた。

「見世によって違うようですが、手前が入ったところは胡麻だれでした」

儀平が答える。

「そうか。それはうまそうだな」

「舞茸の天麩羅もさくさくしていて、おいしゅうございました」

まだ少しあいまいな顔でおこんが言った。

ほどなく、だんご汁鍋が空になった。

「今夜はここでゆっくり過ごせ。明けない夜はないからな」

右京は真庵の二人に言った。

娘はやっと弱々しい笑みを浮かべた。

四

「では、頼む」

右京は三十郎に言った。

「おう。気をつけて」

相棒が右手を挙げた。

右京は小者の竹一をつれ、朝早く沼田の旅籠を出た。

目指すは隠れ牛の里だ。榛名山のふもとはだいぶ離れているため、いったん渋《しぶ》川《かわ》まで下り、山のほうを目指す。儀平から道筋と目印を聞いたが、聞くだに難儀そうだった。

榛名山のふもとで肉にする牛を育てていることは秘中の秘だ。人が容易にたどり着けないような草深い場所に、隠れ牛の里はあった。

もとより馬は使えない。徒歩《かち》にて山道をたどるしかなかった。

「聞きしに勝《まさ》る道だな」

右京は一つ息をついた。

「目印がどこか分かりませんね」

竹一は首をひねった。

鶯がさえずり、山梅がそこここで花を咲かせている。散策だけなら風流な景色だが、心細い道をたどって隠れ牛の里を目指さなければならない。

「日が暮れるまでにたどり着かねば、どんな獣が出るか分からぬぞ」

「着いたら入れてくれましょうか」

竹一が不安げに言った。

「こう見えても八州廻りだからな。江戸のすき焼き鍋の見世の場所を、どうあっても聞き出さねばならぬ」

「はい」

小者はいい声で答えた。

「よし行くぞ」

右京は袴をぱんと手でたたいた。

道なき道を行きつ戻りつ、隠れ牛の里探しは続いた。

儀平が教えてくれた目印は判じ物に近く、「榛名山の崖が人の横顔に見えてきたら右手へ上る道を探す」といった按配のものばかりだった。

ひとたび道を間違えたら、日が暮れるまでに行き着けない。右京と竹一は慎重に歩《ほ》を進めていった。

それでも、日は少しずつ西へ傾いていった。風も出てきた。

茜に染まった光が枯れ木を照らす。その上を、鴉の群れが不気味に舞っていた。

「そろそろのはずだが」

いくぶん焦《じ》れたように右京は言った。

「たしかに人の通った跡は見えます」

竹一が言った。

行く手が岩場になった。片側はかなりの崖だ。

「……おっと」

左足を滑らせた右京は、両手で危うく身を支えた。

「滑るぞ。気をつけろ」

「はい」

暗くなってきた足場を一歩ずつたしかめながら進む。

ふと風向きが変わり、臭いが漂《ただよ》ってきた。

獣の臭いだ。

「近いぞ」

右京は小者に告げた。

さらにいくらか進んだとき、竹一が先に気づいた。

「右京さま、あれを」

斜め上を指さす。

砦《とりで》の趣で、竹の柵が張り巡らされていた。

「よし」

右京の声に気がこもった。

「あれが、隠れ牛の里ですか」

竹一が柵を指さしたとき、だしぬけに顔が現れた。

二人いた。

どちらも手に竹槍を持っていた。

五

「真田！」

隠れ牛の里を護っていた者から、鋭い声が飛んだ。

右京は一瞬たじろいだ。

何を言っているのか計りかねたのだ。

「真田！」

竹槍を持った男は重ねて言った。

符牒か……。

右京はそう察しをつけた。

迷っているいとまはない。合言葉を答えなければならない。

「十勇士」

右京は符牒の合言葉を発した。

「違う」

冷たい声が返ってきた。

正解は真田家の家紋の「六文銭」だった。

「ここより先、通行はまかりならぬ」

槍の切っ先が右京に向けられた。

「われこそは、関東取締出役、藤掛右京なり」

右京は高らかに名乗りを挙げた。

「盗賊につながる悪《あ》しき者が、隠れ牛の里より牛肉を調達し、江戸にてひそかにすき焼き鍋の見世を開いていると聞いた。これより吟味いたす。通せ」

右京は紫の房飾りのついた十手をかざした。

「ならぬ」

竹槍を持つ男が言った。

「八州廻りの吟味だ。問答は無用」

右京が強気で言う。

「ここは八州にあらず」

隠れ牛の里を護る者が昂然と言い放った。

「八州にあらず?」

右京がいぶかしげに問う。

「然《しか》り。たとえ沼田藩は他家の支配となろうとも、この隠れ牛の里は信之公ゆかりの真田領なり」

「ここだけは真田領であると?」

右京は驚いて問うた。

「いかにも。合言葉を知らぬよそ者の立ち入ること、いっさいまかりならぬ。早々に立ち去れ」

声の調子が高くなった。

「ここにおわすは八州廻りさまなるぞ」

竹一が憤然として言った。

「繰り返す。ここは八州にあらず。上州にあらず。誇り高き真田領なり。早々に立ち去れ」

隠れ牛の里を護る男は重ねて言った。

まったく取り付く島もない。

「では、問う」

右京は矛先を変えた。

「江戸のすき焼き鍋の見世がもてなしているのは彦根《ひこね》か、紀州《きしゅう》か、尾張《おわり》か」

一つずつ名を出していく。

「はたまた、加賀《かが》か」

加賀の前田《まえだ》家の上屋敷から忍びの客が来ているのかという問いだ。

答えはない。

右京はさらに問いを続けた。

「仙台の伊達《だて》か」

「…………」

「あるいは、水戸《みと》か」

右京は問いつづけた。

「知らぬ」

返事があった。

「ここは人外境《にんがいきょう》、いまだ真田領の里なり。八州廻りといえども、その力は及ばぬ。ただちに立ち去れ」

槍がわずかに揺れた。

「そもそも、だれに訊いた。真庵か」

もう一人の男が鋭く問うた。

「違う」

右京は即座に答えた。

「江戸のすき焼き鍋の見世に関わる者を捕らえ、責め問いにかけたのだ。ただし、見世の場所までは知らぬらしい」

右京はつくり話をした。

初めは、たまたま迷いこんだことにするつもりだったが、それにしては場所が辺鄙《へんぴ》すぎる。

「忘れよ」

声が返ってきた。

「まぼろしを見たと思え」

隠れ牛の里を護る男が言った。

「そういたす」

右京は矛《ほこ》を収めた。

竹一が驚いて顔を見る。

「帰るぞ」

右京は告げた。

「は、はい」

小者が答える。

「真庵が教えたわけではない。信じよ」

右京は言った。

「再興のあかつきには、従来どおり、牛肉を渡してやれ。良いな」

八州廻りは、有無を言わせぬ口調で言った。

いくらか間があった。

冷たくなった風が吹き抜けていく。

「……心得た」

答えがあった。

それを聞いて、右京はうなずいた。

「さらばだ」

右京はきびすを返した。

そこだけはいまだ真田領の隠れ牛の里を離れ、八州廻りは小者とともに引き返していった。

六

帰路は難渋を極めた。

途中で日が暮れ、足元がおぼつかなくなった。むろん、提灯の備えはしてきたが、吹き惑う風にしばしばかき消された。

どうにか足元を照らすことができても、目印などは探すべくもなかった。行きはどうだったか、帰りはどちらのほうへ向かうのが正しいのか。獣のごとき勘を頼りに進んでいくしかない。

その獣も現れた。

猪がすぐ近くを走り過ぎたときは、さしもの右京も肝《きも》をつぶした。野犬も襲ってきた。これは抜刀して斬った。

二人ともいくたびか転んだ。手や足は擦りむいたが、幸い、骨まで痛めることはなかった。

暖かい晩であれば、どこぞで野宿をするという手もある。さりながら、上州の初春の夜は凍えるような寒さだった。とても眠れるものではない。

「道のかたちになってきた。里に通じているはずだ」

「はい」

「気をたしかにもって歩《あゆ》んでいけ。必ず戻れる」

竹一を励ましながら、右京は夜道を進んでいった。

やがて、ようやく山家《やまが》が見えてきた。月明かりが草深い里を照らす。そこはたしかに通ってきた場所だった。

「ここまで来れば、もう迷うところはない。夜明けまでに渋川に着くぞ」

「承知しました」

主従の声に力がこもった。

そして、東の空が白みはじめるころ、右京と竹一は渋川に着いた。

沼田の旅籠に戻ったとき、日はもう高くなっていた。

今日の旅籠の昼膳は、椀がだんご汁仕立てになっていた。川魚の焼き物や根菜《こんさい》の煮物に箸を伸ばしながら、右京は飯も汁もお代わりをした。

「寿命の縮む思いをしたから、ことにだんご汁がうまいな」

右京は笑みを浮かべた。

「無理もない。よく無事に帰れたものだ」

三十郎が言った。

相棒にはすでに首尾を告げてあった。隠れ牛の里の話を、三十郎は身を乗り出して聞いていた。

「危ないところであった。世の中には、八州廻りの力が及ばぬ場所もあるのだな」

右京は感慨《かんがい》深げに言った。

「江戸より隠れ里か」

と、三十郎。

「江戸ならどうとでもなる。八州廻りの力が及ばずとも、次の手を打つことができるが……」

右京はそこでふわあっと大きなあくびをした。

不眠不休だったから、さすがに疲れた。

「そこだけ真田家の支配が続いているような隠れ里では、そうもいかぬか」

「ああ」

右京は短く答え、だんご汁に白玉《しらたま》の趣で入っているだんごを箸で差した。

いくらか感慨深げに見てから口中に投じる。味噌の味が少し遅れて伝わってきた。

「生き返るな」

汁も呑み、右京は言った。

「まだまだ捕り物は途中だ。力をたくわえておかねばのう」

三十郎が笑みを浮かべた。

「そうだな。足助が戻ってきたら、すぐ動かねばならぬかもしれぬ」

右京はそう言ってだんご汁を平らげた。

七

足助が戻ってきたのは、それから三日後のことだった。

ただし、朗報をもたらしたわけではなかった。

代官所につなぎ、蝮の羅刹の一行を追ったが、盗賊の逃げ足は速かった。

それらしい一行の当たりはついたが、だいぶ前に通り過ぎた後だった。どうやらそのまま裏街道を進み、江戸へ逃げこんだようだ。

「相済みません」

足助が頭を下げた。

「おまえが謝ることはない。大儀であった。ゆっくり休め」

右京は労をねぎらった。

「となれば、ここに陣立てをしていても始まらぬな」

三十郎が腕組みをした。

「残りの廻村を頼めるか。和太郎と大助をつけていくから」

右京は言った。

「おう。おぬしはどうする。江戸か」

三十郎が問う。

「急ぎ江戸へ戻り、評定所へ顔を出してくるつもりだ」

右京は答えた。

「ちょうどいい頃合いではあるな」

と、三十郎。

「それに、そろそろ八州廻りの女房にはあるまじきお産だからな」

「いまに始まったことではあるまい」

「まあそうだが」

右京は苦笑いを浮かべた。

「で、悪いが……」

右京は足助を見て続けた。

「脚を今晩休めたら、江戸へ先に発《た》ってもらいたい」

「はっ」

察していたのか、小者は嫌な顔一つ見せなかった。

「江戸で調べてもらいたいのは、すき焼き鍋をひそかに供《きょう》している見世だ。蝮の羅刹とつながっている。やつは必ず姿を現すだろう」

右京の声に力がこもった。

「場所に何か当たりはついておりましょうか」

いささか当惑したように、小者はたずねた。

無理もない。

江戸でひそかにすき焼き鍋を出している見世だ。引札《ひきふだ》（広告）などは出していない。看板もない。その場所を広い江戸の町の中から探し出すというのは、まったくもって雲をつかむような話だった。

「一応のところ、当たりはついている」

右京がそう言うと、もう一人の小者の竹一が驚いたような顔つきになった。

「どこでございます？　右京さま」

竹一はたずねた。

右京は一つ咳払いをすると、なぜそこに当たりをつけたのか、思案の道筋を述べた。三十郎と竹一が折にふれて口をはさむ。足助だけは黙って話を聞いていた。

「なるほどな」

聞き終わったところで、三十郎がうなずいた。

「筋道が通っていそうだ。まずはそこだな」

相棒が言った。

「では、そのように」

足助が腰を浮かせた。

「頼むぞ」

右京が言う。

「承知しました」

「もう行くのか」

三十郎が声をかけた。

「いえ、いったん老神の湯に浸かり、足をよく手でもんでまいるつもりです。急がば回れで」

足助は身ぶりをまじえて答えた。

「おお、それはいい。沼田から近い湯治場の老神にも水沢うどんの見世ができたと聞いた。力のせをしてこい」

右京は言った。

長く走る前に、飯やうどんを多めに食べて力をたくわえておくことを「力のせ」と称する。

「はい」

めったに表情を変えない小者は、珍しく笑みを浮かべた。

# 八

足助に続き、右京も竹一をつれて江戸へ向かうことになった。

その前に、沼田でもう一度会っておきたい者たちがいた。親族のもとへ身を寄せている真庵の先代の儀平と娘のおこんだ。

「真庵が再興されたら、従来どおり牛肉を渡す段取りをつけてきた」

隠れ牛の里の首尾を告げてから、右京は言った。

「ありがたく存じます。ただ……」

儀平はいくらかあいまいな顔つきになった。

「体が大儀なおまえにもう一度やれとは言わぬ。いずれ良き娘婿が見つかったら、上州で真庵を再興すればいい」

右京は笑みを浮かべた。

「おこんの婿でございますね」

それを聞いて、娘はうつむいてほおを染めた。

「そうだ。いまのところ、だれか当てはいるか」

右京はおこんを見た。

娘はあわてて首を横に振った。

「ならば、おれが探してきてやろう。それでも良いか」

「八州さまが？」

儀作は目を瞠った。

「おう。頼りになる若者なら、周りにいくらでもいる。おれに任せておけ」

右京は軽く胸をたたいた。

「それはありがたきこと……どうかよしなにお願いいたします」

儀平は頭を下げた。

「よしなに」

おこんも消え入りそうな声で言った。

「ところで……」

右京は座り直して続けた。

「万平の形見の品を一つ譲ってはもらえまいか」

「せがれの、形見でございますか？」

「そうだ。江戸で敵討ちをする際、ふところに入れておこうと思ってな」

右京がそう告げると、真庵の先代は呑みこんだ顔つきになった。

「それは……ありがたく存じます」

儀平は深々と頭を下げた。

「お兄ちゃんの煙管《きせる》はどう？　おとっつぁん」

おこんが水を向けた。

「ああ、煙管があったな……それでよろしゅうございましょうか」

「いいぞ」

右京はすぐさま答えた。

「では、取ってまいります」

ややあって、儀平は跡取り息子の形見の品を手にして戻ってきた。

「これでございます。どこにでもある安物ですが」

儀平の言うとおりだった。光るところはどこにもない品だ。

だが、その代わりに、使い手のたましいがこもっているかのようなたたずまいをしていた。

「この煙管を使ったことはあるか」

右京は声音をやわらげて問うた。

「へい……」

何とも言えない顔つきで、儀平はうなずいた。

「ただ、胸が詰まってたまらなくなっちまって、一度きりでやめました」

跡取り息子を亡くした男は、そう言って続けざまに瞬《まばた》きをした。

右京はうなずくと、万平の形見をふところにしまった。

「では、預からせてもらう」

「どうかよしなに。せがれの敵を討ってくだせえ、八州さま」

しゃがれた声で、真庵の先代は言った。

「兄の無念を晴らしてくださいまし」

おこんも必死の面持ちで言う。

「心得た」

右京はゆっくりと立ち上がった。

「おれに任せよ」

鬼の八州廻りの顔で、右京は父と娘に告げた。

# 第十章　闇成敗

一

「だから、言ったとおりでございましょう?」

絵留が笑みを浮かべた。

「おまえの勘ほど鋭いものはないからな」

右京はそう答え、おくるみの中で眠っている者を見た。

生まれたばかりの赤子だ。

ほんの二日違いで誕生には間に合わなかったが、絵留は無事お産を済ませた。

玉のような男の子だ。

「で、名は花介でようございますね?」

まだ身を起こすことはできない絵留が床から訊いた。

「ほ、本当に花介にするのか」

右京はおくるみにくるまっているわが子を指さした。

まだ生まれたばかりゆえ、果たしてこれが大人になるのかと怪しまれるほどだ。

「うちではもう花介と呼んでおりまする、父上」

土産の饅頭をおいしそうに食べながら、上の波留が言った。

土産と言っても上州のものではない。日枝《ひえ》神社の近くの饅頭屋で買って帰ったものだ。

「花介、花介」

下の流留も唄うように言った。

「花介か……」

右京は何とも言えない顔つきでわが子を見た。

「だんだんに慣れてまいりましょう」

絵留が笑みを浮かべた。

「まあ何にせよ、無事生まれて良かった。のう……花介」

右京は初めてわが子の名を呼んだ。

伝わったのかどうか、赤子は急に泣きだした。

「おう、泣かしてしもうたわ」

右京はいっそうあいまいな表情になった。

二

人の子ばかりでなく、猫の子も増えていた。

「見慣れぬ猫が増えておるな」

用人の有田宗兵衛に向かって、右京は言った。

「鼠取りの猫を所望されるところには里子に出しているのですが、お嬢さまがたが気に入って残される猫も多いものですから」

宗兵衛は答えた。

「困ったものだのう。そのうち猫屋敷になってしまうぞ」

ちょうど縞のある猫が身をこすりつけてきた。

「妙に毛が長いな、おまえは」

右京はひょいと子猫を持ち上げた。

「図体も見る見るうちに大きくなってまいりました」

「名は？」

右京は短く問うた。

「なかない猫なので、『なかず』という名になりました。波留さまが思案してお付けになった名です」

用人が答える。

「藤掛家は、人も猫も名が変だのう」

右京はまたあいまいな顔つきになった。

「奥様の思いつきで、その猫のきょうだいには『とばず』という名を」

宗兵衛が伝えた。

「鳴かず飛ばずか。縁起でもないな」

右京は顔をしかめ、きょとんとしている猫を左肩にのせた。

「おい、おのれはなけぬのか。猫なんだからないてみよ」

「流留さまがうっかり屛風を倒されたとき、足をはさんで『みゃあ』とないたそうでございますよ」

用人が告げた。

「はは、その一度きりか」

右京が笑う。

「はい」

「まあ猫もいろいろだろう。大きくなれ」

右京はそう言って、猫を土の上に下ろしてやった。

なかずはぶるぶると身をふるわせ、やにわに毛づくろいを始めた。

「では、行ってまいる」

「お気をつけて」

行き先を告げずに、右京はふらりと永田町の屋敷を出た。

手には風呂敷包みを提げていた。

行き先は、平川天神裏の「八味」だった。

三

「お帰りなさいまし」

佐吉が厨から言った。

「おう」

右京は短く答え、一枚板の席を見た。

無役の武家が二人、昼酒でいい色合いの顔になっている。

「お、久しいのう」

「どこへ行っておられた」

客が問う。

「上州のほうへ、包丁の修業を」

少し笑みを浮かべて答えると、右京は厨に入った。

「これは、下仁田の山家の土産だ。おまえに、と」

佐吉に包みを渡す。

「下仁田の……」

佐吉は感慨深げな面持ちになった。

「達者にはしておった。案ずるな」

「はい」

「ま、そのあたりの話はあとで。何が入っている？」

包丁人の顔で、右京は問うた。

「赤貝があります。蕨《わらび》のあく抜きも終わってます」

佐吉が答える。

「では、そちらのほうで肴をつくろう」

「まだ浪々の身でござるか？」

客の一人が問うた。

「いかにも」

「いっそのこと、料理人になられたらいかがか」

もう一人が言った。

「それも考え、関八州を廻っているのでござるよ」

右京はいくぶんおかしそうに答えた。

「ほほう、それはそれは」

「そのうち見世を取られてしまうぞ、あるじ」

客は佐吉に向かって言った。

どちらも佐吉が「八味」のあるじだと信じて疑っていないようだ。

肴は次々にできた。

まずは赤貝の辛子酢味噌和《あ》えだ。

鹿《かこ》の子に飾り包丁を入れた貝ばかりでなく、霜降りにした肝も添える。わけぎを付け合わせに盛り付ければ、酒の肴にはうってつけのひと品になる。

蕨は白和《しらあ》えと胡麻和えにした。余ったものは味噌に漬けておく。

「どれもうまいな」

「関八州で修業をしただけのことはある」

客は満足げに言った。

「ありがたく存じます」

右京は頭を下げて、ちらりと佐吉のほうを見た。

ぽりっ、と音が響く。

上州の母が漬けた大根の味噌漬けを、せがれが江戸の片隅で食していた。

目と目が合った。

佐吉の瞳はうるんでいた。

味は思い出をつれてくる。母の漬けた大根の味噌漬けをひと切れ食せば、下仁田で過ごした日々のことが数珠《じゅず》つなぎになってよみがえってくる。

ほどなく、二人の客が腰を上げた。

「毎度ありがたく存じました」

右京は頭を下げて見送った。

「しばらく江戸にいるのかい」

客が問う。

「いえ、また関八州へ修業の旅で」

「なんだか八州廻りみたいだのう」

もう一人の客が言った。

「いえいえ、滅相もないことで」

右京はあわてて右手を振った。

四

「うまかったか」

右京は声をかけた。

「へい……心にしみました」

佐吉は感慨深げに答えた。

「母の味だからな」

右京の言葉に、佐吉は黙ってうなずいた。

「そうだ。下仁田に帰れるかもしれぬぞ」

「本当ですか？」

佐吉の表情が変わった。

「上州を荒らしまくっていた蝮の羅刹という盗賊を追ってきた。そやつは鬼颪の喜三郎の残党とつながりがある」

右京はいきさつを述べた。

「ねぐらはいま足助に探らせている。一網打尽にできれば、もう下仁田に戻っても心配あるまい」

右京がそう言うと、佐吉の目に光が宿った。

「ついては、一つ願い事がある」

「何でございましょう」

「上州へ戻ったら、継いでもらいたい見世があるのだ。真庵という名の見世だが」

「料理屋でしょうか」

佐吉は問うた。

「表向きは上州うどんを出す見世だが、裏ではひそかにすき焼き鍋を供している」

「すき焼き鍋、と言いますと？」

佐吉はいぶかしげな顔つきになった。

すき焼きの名を知る者は、日の本でも多くはない。

「牛の肉を入れた鍋だ」

右京はにやりと笑って答えた。

「牛の肉など、どこで手に入れるんです？」

佐吉の顔に驚きの色が浮かんだ。

「それは、こういうことだ……」

右京は嚙んで含めるように一つずつ伝えていった。

奇妙な話だが、佐吉はどうにか呑みこんだ様子だった。

真庵が蝮の羅刹の一味に襲われ、跡取り息子のあるじとおかみが殺められてしまったこと。

その敵討ちを託されていること。

先代の娘に婿を取り、真庵を再興させたいという思いがあること。

右京はすべてのいきさつを伝えた。

「さようでございますか」

佐吉はいくぶん上気した顔で言った。

「だれぞ誓い合った娘がおるなら、真庵の跡を継ぐ話はほかを当たる」

右京が言う。

「いえ、さような者はおりませぬ」

佐吉は少し顔を伏せて答えた。

「ならば、良いか？」

右京は短く問うた。

「よしなにお願いいたします」

佐吉はていねいに頭を下げた。

「ただ……」

顔を上げ、佐吉は右京を見た。

「何だ？」

「この『八味』はどうするんです？」

佐吉は座敷のほうを手で示した。

「首尾よく代わりが見つかればやってもらうが……」

そう前置きしてから、右京は続けた。

「江戸にはたくさん見世がある。なかには正月しか開かない風変わりな見世があってもいいだろう」

包丁人八州廻りはそう言って笑った。

五

「八味」を出た右京は、和田倉《わだくら》御門外の評定所に向かった。

だれも話しかけてはこなかった。見知り越しの者も多いが、目を合わせてもひと言も発しない。

ひとたび地方の廻村に出れば、年末までずっと旅を続けるのが建前だった。実のところは、こうしてたまに評定所に戻り、上役に報告がてら指示を受けたりしている。しかし、建前は建前だから、右京は「ここにいるはずのない者」だ。ゆえに、評定所の役人たちはまるで右京が見えぬかのごときふるまいをしているのだった。

「その盗賊に関しては、代官所より知らせが入っておる。向後《こうご》は町方に任せよ」

蝮の羅刹の名を出すと、上役はしかつめらしい顔で言った。

「はっ」

「江坂は引き続き上州か」

上役が問う。

「はい。まだなにかとくすぶっておりますもので、加勢に戻らねばなりませぬ」

右京は声に力をこめた。

八州廻りは頭数が足りない。ここでよその国の廻村へ行けと申し渡されても致し方ないところだが、それだと上りかけた梯子段《はしごだん》を外されてしまう。

「上州には博徒が跋扈《ばっこ》しておるからな」

「はい」

「良かろう。きりをつけてこい」

上役のお許しが出た。

「ありがたく存じます。では」

気を変えられないうちに、右京はそそくさと評定所を出た。

むろん、だれも声はかけなかった。

評定所を出たところで、嫌な男に出会った。

「これはこれは、右京どの。奇遇でござるなあ」

割田左平次だった。

目つきの悪い供《とも》をつれている。こちらもこれから評定所のようだ。

「奇遇でござる。またこれから上州へ」

右京は浮かない顔で答えた。

「こちらは房州で廻村でござった。してみると、上州を廻れとは言われますまいな」

同じ八州廻りが言う。

「おそらくは」

来られてたまるか、と思いながら、右京は答えた。

「それはそうと、お子はいかがされた。そろそろ生まれるころではありませなんだか」

何とも言えない笑みを浮かべて、割田左平次は問うた。

「いや、もう生まれ申した」

「ほう、それは重畳《ちょうじょう》。男かおなごか」

人知れず悪事を重ねている八州廻りは、なおもたずねた。

「男でござる」

右京はそっけなく答えた。

「それはそれは、跡継ぎができて上々吉ですな」

目だけ笑っていない笑顔で言う。

「して、名は何と？」

「花介、とつけ申した」

右京はしれっと答えた。

「は、はなすけ？」

「花々の花に、介するの介でござる」

「それはまあ、時ならぬ生まれ月の子にふさわしいお名でございますなあ」

割田左平次は皮肉を言った。

供の者まで笑みを浮かべる。

「では、これにて御免」

相手をしていても胸糞が悪くなるだけだから、右京は早々に立ち去ろうとした。

「帰って子守りでござるか。大変じゃのう」

その背にしゃがれた声が飛んだ。

「それにしても、花介とは、わははは」

割田左平次は大声で笑った。

右京は振り向きもせずに歩を進めた。

そして、顔をしかめて舌を出した。

六

「ていっ」

「やあっ」

藤掛家の庭で、威勢のいい声が響いた。

屋敷に戻った右京は、小者の竹一に稽古をつけた。

「心持ち、斜めに身をかわして打ってみろ」

右京は言った。

肩がいい按配に張った竹一は、力のある剣をふるう。なまなかな剣士なら、一撃で倒せるほどの腕になった。

だが、それは両刃の剣で、力に頼りすぎるうらみがある。まともに斬り合えば、反撃を食う恐れもあった。なるたけ相手の力をいなし、楽に勝つに若《し》くはない。

「はいっ」

いい声で答え、竹一は竹刀を構えた。

「えいっ」

「とおっ」

教えたとおり、竹一は素早く身をかわして面を打ち返してきた。

「ほほう」

見物していた有田宗兵衛が思わずうなった。

いまは年が寄ったが、若い頃は慣らした腕だ。右京もわらべのころによく稽古をつけてもらった。

上段から蜻蛉の構え、さらに下段へと、しなやかに構えを変えながら敵に向かう。宗兵衛の剣はなかなかに渋かった。

その老練の剣士もうなるほど、竹一の呑みこみは早かった。

「よし、これまで。良い稽古であった」

右京は笑みを浮かべた。

「はい」

額に浮かんだ玉の汗を、若者は手で拭った。

「竹一」

稽古を見守っていた用人が満足げに姿を消したのを見て、右京は手招きをした。

「そろそろ足助が姿を現す頃だ。心しておけ」

「すると、こちらのほうでございますか」

竹一は手にしているものをかざした。

「そうだ。ただし……」

右京は声を落として続けた。

「次は竹刀ではないぞ」

「心得ました」

竹一は引き締まった顔つきで答えた。

七

夕餉は絵留と花介がいる座敷で食べた。

ありふれた味醂《みりん》干しや青菜の浸し、それに沢庵と味噌汁の味が心にしみた。

「久々に家で食べる飯はうまいのう」

箸を止めて、右京は言った。

「上州には、おいしいものがたんとおありだったでしょうに」

花介の背をとんとんとやさしくたたきながら、絵留が言った。

しばらくむずかっていたのだが、いまは小さな寝息を立てている。

「下仁田の葱に蒟蒻、おっきりこみ鍋に上州うどん、舞茸の炊き込み飯に天麩羅、沼田のだんご汁に……」

右京はそこで言葉を切った。

すき焼き鍋の牛肉の味が、ふっとよみがえってきたのだ。真田氏ゆかりの隠れ牛の里で大事に育てられた牛肉は一度食べたら忘れられない。

「だんご汁に、何でございます？」

絵留がたずねた。

「い、いや……その他もろもろだ」

右京はあいまいな返事をした。

「あ、そうそう、近くに良いお見世を見つけたのですよ」

絵留がだしぬけに言った。

「ほう、どんな見世だ？」

夕餉の膳を平らげた右京は、湯呑みに手を伸ばした。

「小料理屋さんで」

「名は？」

「『八味』でございます」

「ぷっ」

右京は思わず茶を吹き出した。

「どうされました？」

「い、いや、ちょいとむせてしもうた」

「お気をつけなさいまし」

と、絵留。

「あ、ああ、こほこほ……」

右京は咳をしてから茶を呑みなおした。

「娘たちと一緒に行ったんです。宗兵衛もいました」

絵留は二人の娘が寝ている次の間を指さした。

「平川天神の近くの分かりにくいところで、たまたま見つけたんですよ」

絵留はそう言って、事細かに「八味」の場所を告げた。右京は「ほうほう」と相槌を打ちながら聞いていた。

「なかなかおいしい料理が出るお見世でしたから、お正月になったら花介をつれてまいりましょう」

絵留は乗り気で言った。

「花介もいるのなら、べつの見世が良いのではないか？」

「でも、天神さまにおまいりもしたいし、娘たちも気に入ったようなので」

絵留は譲らない。

「そうか……まあ閉まっていなければ」

佐吉の顔を思い浮かべながら、右京は言った。

「では、約束でございますよ」

「分かった」

そう請け合って、右京は残りの茶を呑み干した。

八

その晩――。

右京はやにわに目を覚ました。

枕上《まくらがみ》の刀をつかんで身構える。

「わたくしでございます」

闇の中から声が響いた。

足助だ。

「おまえか」

「はい」

忍びの心得のある小者が答えた。

「どうだ。分かったか」

右京は声をひそめて問うた。

「はい。右京さまのにらんだとおりでございました」

足助は言った。

「やはり、水戸か」

右京の声音が変わった。

「水戸藩の上屋敷に近い、小石川春日町《こいしかわかすがちょう》の一角にありました」

足助は伝えた。

「読みどおりだったな」

闇の中で、右京はしてやったりの表情を浮かべた。

隠れ牛の里の番人にたずねたとき、ほかの藩の名には無言だったのに、水戸の名を出したとたんに返事があった。

「知らぬ」というそっけない答えだったが、その声を聞いた刹那《せつな》に勘が働いたものだ。どうやらその勘は正しかったらしい。

「水戸藩の上屋敷の周りをおもに探っているうち、鼻に伝わってきたのでございます」

足助が言った。

「すき焼き鍋の匂いだな？」

「はい」

足助は短く答えた。

「間に合って良かったな」

右京はそう言って息をついた。

「と申しますと？」

足助が問う。

「夏になると、牛の肉は長くもたぬ。江戸へ届けられるのもそろそろ終わりだろう。冬場なら上州の氷を用いることもできるが」

右京はそう答えた。

「なるほど」

「では、打つ手は一つだ」

右京は左の手のひらに右のこぶしを打ちつけた。

ばちん、と小気味いい音が響いた。

九

次の晩――。
小石川春日町の一角に、怪しい行灯《あんどん》の灯りがともった。

「そろそろすき焼き鍋も終《しま》いですな」

見世のあるじが言った。

名はない。

看板ものれんもない見世だ。

ただし、大名までお忍びで来る構えだ。床の間には由緒正しい掛け軸や茶壺も飾られていた。

水戸藩ばかりでなく、近くには美濃郡上藩《みのぐじょう》などの上屋敷もある。火消役や高家《こうけ》の寄合など、高禄の武家屋敷も多い。本郷のほうへ向かえば、裕福なあきんども見世を構えている。忍びのすき焼き鍋を供するにはうってつけの町だった。

「おう。江戸で食うつもりはなかったんだがな」

そう言って舌打ちをしたのは、もと島村丈吉の蝮の羅刹だった。

「まったくで。せっかく百両の首が目の前にぶら下がってたのに、惜しいことをしましたぜ」

盗賊の片腕が言う。

「ま、精をつけて、出直してくださいましな」

あるじが酒を注いだ。

悪名をとどろかせた盗賊、鬼瓦の喜三郎の一味はあらかた退治されたが、執念深く生き残ったばかりか、江戸でただ一つのすき焼き鍋の見世で荒稼ぎをしているのがこの男だった。

名を喜十郎という。

もとは紀十郎《きじゆうろう》だったのだが、かしらの敵討ちを固く誓い、その一字を襲って喜十郎と改めた。

「おう。しくじっちまって、すまねえことだったな」

蝮の羅刹は顔をしかめて猪口の酒を呑み干した。

「こっちは動きたくても動けねえもんで」

喜十郎は凄みを利かせた。

「ああ、分かってら。いつか引導を渡してやる」

蝮の羅刹はそう言って、すき焼き鍋に箸を伸ばした。

「おれは江戸でしか食っていないが、上州のすき焼き鍋はもっとうまいか」

見世の用心棒をつとめている髭面の浪人が訊いた。

「そりゃ、比べもんになりませんや」

もと寄場役人はすぐさま答えた。

「上州、ことに下仁田の葱はこんなんじゃねえんで」

と、箸でつまむ。

「蒟蒻も歯ごたえと味の濃さが違いますからね、かしら」

片腕が言った。

「春菊も入ってねえ。それに何より、江戸まで運んでるから肉の味が落ちてまさ」

蝮の羅刹は忌憚《きたん》なく言った。

「言いたいように言われてますな」

あるじは顔をしかめた。

「ただ、割り下はおかげさんでうまくなりましたよ」

「おう、それはおれも気づいた」

用心棒が言った。

「そりゃあ、沼田の名店、真庵の秘伝の割り下だからな。土産にはちょうど良かろうよ」

蝮の羅刹が笑みを浮かべた。

「ただ……」

喜十郎の目つきが鋭くなった。

「割り下の土産もありがたかったんですが、次は……」

「皆まで言わないでくれ」

蝮の羅刹が手を挙げて制した。

「次こそは、百両の首を土産に持ってきてやるからよ」

盗賊はそう請け合った。

「首を長くして待ってまさ」

喜十郎が言った。

「こないだも、死んだかしらが夢枕に立って言うんでさ。おい、まだ敵は討ってくれねえのか、と」

妙な身ぶりをまじえて、すき焼き鍋屋のあるじは言った。

「ほとぼりが冷めて、上州に戻ったら、すぐ……」

蝮の羅刹はそこで言葉を切った。

気配を感じたからだ。

ほどなく、闇の中から、声が響いた。

「戻らずとも良いぞ、上州へ」

八州廻りは言った。

十

「野郎っ」

悪党どもは色めき立った。

「蝮の羅刹」

声が響く。

「並びに、鬼凪の喜三郎の残党、この藤掛右京が成敗いたす。覚悟せよ」

右京はそう告げて抜刀した。

うしろには竹一も控えている。

「しゃらくせえ」

蝮の羅刹はすき焼き鍋を蹴り飛ばした。

「先生、やっちまってくだせえ」

喜十郎が用心棒に言った。

「おう」

髭面の剣士は、抜刀するや、やにわに横ざまに剣を振るってきた。

野《や》の剣だが、侮れぬ。

右京はまずはね上げてしのぎ、敵の動きを注視した。

「かしらの敵、覚悟！」

今度は盗賊の残党が襲ってきた。

匕首を抜き、体ごとぶつけてくる。

右京は見切っていた。

さっと体をかわし、小手を斬り下ろす。

「ぐわっ」

手首を斬りつけられたあるじの手から刃物が落ちた。

「ここは江戸だぞ」

蝮の羅刹が声を張り上げた。

「八州廻りの力は及ばねえはずだ。引っ込んでろい」

右京は笑って取り合わなかった。

「われは八州廻りにあらず」

右京はそう言い放った。

「なんだと？」

蝮の羅刹が目を剝いた。

「いまのわれは、闇の成敗人なり。うぬが犯した悪事の数々、到底許しがたし。非業の死を遂げし者、並びに、悲しみの淵に沈みし者に代わり、この藤掛右京が成敗いたす。覚悟せよ」

右京は刀を構えた。

「しゃらくせえ。やっちめえ」

蝮の羅刹は剣をふるった。

「ぬんっ」

ただちに撥ね上げると、右京は竹一を見た。

「ひるむな」

ちょうど盗賊の片腕が斬りかかるところだった。

竹一は稽古のとおりの動きをした。

わずかに身をかわし、素早く打ち返す。

「ぐっ」

若者の剣は、過《あやま》たず敵の眉間を割っていた。

「死ねっ」

次は髭面の用心棒だった。

右京は袈裟懸けに斬って捨てた。ただの雇われた悪党だ。早々に地獄に送ってやるだけでいい。

「お、お助けを……」

手首を斬られた鬼颪の喜三郎の残党は、やにわに両膝をついて哀願した。

だが……。

右京は見逃さなかった。

無事なほうの手は、なおも匕首を拾おうとしていた。

「そうはさせぬ」

右京は匕首を蹴り飛ばした。

竹一が素早く拾い上げる。

「おのれで、終わりだ」

右京は刀を上段に構えた。

最後に残った喜十郎の顔に、恐れの色がはっきりと浮かんだ。

「地獄でかしらにわびよ」

そう告げると、右京は渾身《こんしん》の太刀《たち》を振り下ろした。

一瞬で終わった。

鬼颪の喜三郎の一味は、その刹那に根絶やしになった。

「うわあああっ！」

たがが外れたような声をあげ、蝮の羅刹が襲ってきた。

人の醜さを一身に集めたかのような形相だった。

右京はわざと急所を外した。

肩のあたりを斬り、前蹴りを食らわせる。

寄場役人を兼ねていた盗賊は、いともたやすくあお向けに倒れた。

間髪《かんはつ》を容《い》れず、右京は馬乗りになった。

手負いの悪党の首を締め上げ、平手打ちを二度、三度と食らわせる。

敵がぐったりしたところで、右京はふところに忍ばせてきた物を取り出した。

万平の形見の煙管だ。

「これは、おのれが殺めた真庵のあるじの形見だ」

右京はそう言うと、煙管を蝮の羅刹の額に激しく打ちつけた。

「闇にて成敗いたす」

最後にそう申し渡し、脇差を抜く。

次の刹那、悪党の心の臓に、闇の成敗人の刃《やいば》が深々と突き刺さった。

「ぐえ、ぐえええええっ」

蝮の羅刹は、踏みつぶされる蛙のような声を放った。

そして、おとなしくなった。

# 第十一章　真庵ふたたび

## 一

「赤城のお山が近くなったのう」

右京が行く手を指さした。

ほっ、と一つ息をついた者がいた。

ずっと付き従っている小者の竹一ではなかった。

「八味」の料理人の佐吉だった。

「いよいよ帰れるな」

右京が声をかけた。

長く時がかかったが、鬼凪の喜三郎の一味は一掃《いっそう》された。これでようやく生まれ故郷の上州下仁田へ帰れる。

「おかげさんで……やっと、おっかさんに会えます」

佐吉は感慨深げな面持ちで答えた。

「すぐ下仁田に向かいたいところだろうが、まず沼田に寄ってもらう。いろいろと段取りがあるのでな」

右京は言った。

「へい、お任せしておりますので」

佐吉は笑みを浮かべた。

背に嚢《ふくろ》を負《お》うている。中にはさらしに巻いた数々の包丁などの道具が詰まっていた。

「八味」はやむなくいったん閉めることにした。また正月に戻ったときに開けるつもりだが、先のことは分からない。

例によって足助を先に発たせ、三十郎につなぎを頼んだ。うまく段取りが運べば、沼田で落ち合えるだろう。

足助には万平の遺品の煙管も持たせた。儀平とおこんにいち早く伝え、遺品を返すためだ。

ただし、もう一つ返さなければならないものがあった。

秘伝の割り下が入った壺だ。

首尾よく闇成敗が終わったあと、江戸のすき焼き鍋の見世をくまなく検分した。

案の定、真庵から奪った割り下の壺が出てきた。料理人の命がこもった割り下を、右京はていねいに包み、背の嚢に納めていた。

「お、いい匂いがするな」

行く手に茶見世があった。

「焼きだんごですね」

佐吉が言う。

「味噌味のようだな」

「はい。わらべのころに、おっかさんがときどきつくってくれました」

佐吉はまた感慨深げな表情になった。

「もう上州に戻ったから、これからは毎日懐かしい味を食べられるぞ」

右京は笑みを浮かべた。

「はい」

「なら、小腹が空いたから食っていくか」

右京はぽんと帯を手でたたいた。

「そういたしましょう」

佐吉は笑みを浮かべた。

## 二

「本当にありがたく存じました」

儀平が頭を下げた。

「これで、せがれの無念も晴れたことでしょう」

父はそう言って、煙管を吹かせた。

むろん、形見のあの煙管だ。

「今度は味が違うか」

右京がたずねた。

「へい……前より穏やかな味がします」

儀平はそう言って目をしばたたかせた。

「あとは、真庵の再興だな」

三十郎が言った。

上州の廻村は順調に進んでいた。横川《よこかわ》から松井田《まついだ》にかけて、三十郎は手際よく廻村を済ませたようだ。あとは伊勢崎から桐生《きりゅう》のほうを廻れば、このたびのつとめは終わる。

「それについては、信に足る料理人を江戸からつれてきたからな」

右京は佐吉のほうを手で示した。

「気張って、やらせてもらいます」

佐吉はいくぶん硬い顔つきで言った。

無理もない。

料理人の隣には、真庵の跡取り娘が座っていた。

おこんもいくらか顔を赤らめ、据わりが悪そうにしていた。ただし、佐吉に悪い感じは抱いていないようだ。それは端《はた》から見ているとすぐ分かった。

前にも泊まった旅籠だ。夕餉はまただんご汁鍋だった。

ただ、まったく同じでは曲がないと思ったのか、風変わりなものも入っていた。

耳うどんだ。

粉をこねて耳の形にのばしたもので、これまた上州の里で食されている。鍋に入れると、歯ごたえがあってなかなかにうまい。ほかにも、ひもかわという平べったいうどんもある。上州はまさにうどんの宝蔵だ。

「では、佐吉が真庵を継ぐということで良いか？　むろん、おこんが婿を取るというかたちだが」

右京は儀平に問うた。

「はい」

先代がうなずく。

「どうかよしなに」

佐吉はまた一礼した。

しばらくは耳うどん入りのだんご汁鍋を皆で賞味した。囲炉裏を囲むと暑いくらいの陽気になったが、これはこれで味わいのあるものだ。

「見世は沼田の同じところに出すのか？」

三十郎が右京にたずねた。

「いや、まだ決まっておらぬ。佐吉は下仁田に年老いた母がいるからな」

「段取りがついたら、会いに行くことになってますんで」

佐吉の瞳が輝いた。

「それだったら、べつに下仁田でやり直してもいいのではないかと」

儀平が言った。

跡取り娘もうなずく。

「なら、そのうち下仁田で始めればいい。ずっといるわけにもいかないが、できれば見世のあたりまでおれがつけてやろう」

右京が請け合った。

「ただ、その前に、牛のほうの引き継ぎをしませんと」

真庵の先代は声を落とした。

「そうだな。こないだおれが行ったときは、合言葉を間違えて冷たくあしらわれてしまった」

右京は苦笑いを浮かべた。

「でも、おとっつぁん、隠れ牛の里まで行けるの？」

おこんが案じ顔で問うた。

「これが最後だ。気張って上るさ」

儀平は太ももをぱんとたたいた。

「おれと竹一はまだあいまいなところがあるからな。目印が分かりにくいが、ちゃんと覚えろ。次からはおまえが一人で肉を仕入れにいかねばならぬのだから」

右京は佐吉に言った。

「承知しました。気を入れて行きます」

佐吉はいい声で答えた。

「なら、前祝いに、おれが似面を描いてやろう」

だんご汁鍋のきりがつき、酒もひとわたり回ったところで、三十郎が若い二人を指さして言った。

「描いてもらえ。三十郎の似面は縁起物だからな」

と、右京。

「そのとおり。右京と奥方を並んで描いてやったら、すぐ子ができたくらいだ」

三十郎がそう言ったから、おこんの顔が真っ赤になった。

「真庵の新たなあるじとおかみだ。もそっと近く寄れ」

右京がおかしそうに言う。

おこんと佐吉は少しためらっていたが、互いに顔を見合わせ、どちらからともなく間を詰めた。

三

「真田！」

隠れ牛の里の砦から、鋭い声が飛んだ。

「六文銭」

正しい合言葉を答えたのは、真庵の先代の儀平だった。

せがれを殺められた気落ちから老けこみ、一時はずいぶんと身も弱っていたが、杖を頼りに必死に上り、ようやくここまでたどり着いた。

前の晩は渋川の宿に泊まった。肉の値段や運び方、隠れ牛の里の顔役とのやり取りの仕方について、儀平は佐吉に事細かく教えてやっていた。

三十郎は廻村に向かった。このたびはずいぶんとつとめをやってもらっているから、わびも兼ねて足助もつけた。

もう一人、下仁田の捕り物で傷を負った目明かしの平蔵も無事癒えて戻った。これも三十郎の手下として付き従うことになった。

「おぬしは下仁田で立ち回り、江戸で闇成敗と大忙しだが、このたびのおれはいささか影が薄いのう」

三十郎は嘆きの顔をつくった。

「すまぬな。正月には盛大におごるぞ」

右京はそう答えておいた。

そんなわけで、儀平と佐吉、右京と竹一の四人が険しい道をたどり、榛名山のふもとの隠れ牛の里を訪ねた。

「なんじゃ、四人《よったり》もおるのか」

砦の上から声が響いた。

「真庵を若い料理人に引き継いでもらいましたので。どうぞ末永くよしなに」

儀三郎が頭を下げた。

「名乗れ」

右京が小声でうながした。

「佐吉と申します。向後は手前が肉を買いにまいります。どうか末永くよしなにお願い申し上げます」

佐吉は懸命に口上を述べた。

「そうか。真庵がないと、江戸からしか銭が入らず、いささか不便であった」

隠れ牛の里の顔役とおぼしい者が言った。

「悪いが、その江戸の見世はつぶれた」

右京が告げた。

「つぶれただと？」

「そうだ。知らなかったとは思うが……」

右京は言葉に気をこめて続けた。

「江戸のすき焼き鍋の見世を営んでいたのは、盗賊の残党だった。それがこのたびどこのだれか分からぬやつに成敗されてな」

少し間があった。

「成敗したのは、おまえではないのか、八州廻り」

「ははは」

右京は笑い飛ばした。

「この隠れ牛の里だけはいまだ真田領で、上州にあらず。よって、八州廻りの力は及ばぬと言ったな？」

「ああ、言った」

「おれの力が及ばぬところはそれだけではない。江戸もそうだ。ま、幸いにもだれぞが代わりに悪党を成敗してくれた」

右京はしれっと言い放った。

「まあ、いいだろう。ただし、今年の肉はもう終わりだぞ」

隠れ牛の里の顔役が言った。

「暖かくなってきたからな」

と、右京。

「毎年これくらいで終わりだから」

儀平が佐吉に言った。

「牛は大事に育てておく。また寒くなったら肉にして、氷室《ひむろ》に貯えておくから、銭を持って上ってこい」

隠れ牛の里の顔役が言った。

「あんまり雪が積もったら無理だから、気をつけてな」

儀平が言う。

「分かりました」

真庵を継ぐ者が答えた。

「ならば、まぼろしと思え。さらばだ」

そこだけ真田領の、隠れ牛の里を護る者の声が響いた。

「待て」

右京は右手を挙げた。

「何だ」

上のほうから声が返ってきた。

「隠れ牛を見させてもらうわけにはいかぬか」

「ならぬ」

すぐさま返事があった。

「ここはまぼろしの真田領なり。俗人の立ち入るところではない」

「相分かった」

右京は食い下がらなかった。

佐吉に任せたからには、もう二度とここに来ることはあるまい。

「さらばだ」

右京は言った。

返事はなかった。

ただ風が吹きすぎていっただけだった。

# 四

無理をした儀平は、渋川の旅籠に着くなり床についてしまった。ただし、疲れがどっと出ただけで、重い病《やまい》というわけではなさそうだった。

当初はおこんも下仁田にという話をしていたのだが、父を置いていくわけにもいかない。やむなく、佐吉だけをつれて右京は下仁田に向かった。

あるじの新右衛門が蝮の羅刹の手下だった旅籠の香屋は、いつのまにかのれんを下ろしていた。聞けば、おかみがすっかり意気阻喪《そそう》してしまい、旅籠を売りに出して里に引きこんでしまったということだった。

まだ日暮れには間《ま》があった。竹一に探させたべつの旅籠に荷を下ろすと、右京と佐吉は日暮山に近い山家へ向かった。

「山のかたちを見ただけで、胸が詰まりまさ」

右京とともにゆっくり走りながら、佐吉は感慨深げに言った。

「下仁田の山並みは、ひと目見たら忘れられないからな」

「はい……目にしみます」

走りながら、佐吉はいくたびも瞬きをした。

「葱畑もあるな」

「田舎だから、あんまり変わってませんや」

周りに目を走らせながら、佐吉が言った。

「そりゃそうだろう。江戸はしょっちゅう火事が起きるから、様変《さまが》わりしてしまったところもあるが」

この先もずっと同じたたずまいかもしれない景色をながめながら、右京は言った。

それからしばらく上ったとき、畑仕事をしていた男が手を止めて声をかけた。

「おい、佐吉じゃねえかよ」

佐吉は立ち止まり、男の顔を見た。

「おお、留《とめ》」

佐吉は声をあげた。

わらべのころに棒切れを振り回して遊んでいた留作《とめさく》だった。

「久しいのぉ、帰ってきたんか」

「ああ、八州さまが盗賊の残党を退治してくだすったんだ」

佐吉は右京を手で示してから続けた。

「そんで、もうほとぼりが冷めたんで、これからおっかあに会いにいくところなんだ」

「そりゃあ、おっかあも喜ぶべや」

留作が笑みを浮かべた。

「ああ」

「で、これからは下仁田におるんきゃあ？」

幼なじみが訊いた。

「おるぞ。生まれ育った村に骨を埋めるぞ」

佐吉の言葉に力がこもった。

「真庵という食い物の見世を始めることになっている。のれんを出したら贔屓《ひいき》にしてやってくれ」

右京は言った。

「へい、そうですか。なら、仲間にふれ廻ってきまさ」

留作はそう請け合った。

幼なじみと別れた佐吉は、右京の前をずんずん走っていった。

一刻も早く母に会いたかろう。
その背を見ながら、右京は思った。
そして、見憶えのある家が見えた。
夕餉の支度をする煙がうっすらと立ち上っていた。
「おっかあ!」
佐吉は声を張り上げた。
……おっかあ……
下仁田の山々がこだまを返す。
「おっかあ」
佐吉は重ねて言った。
右京とともに、土間で待つ。
ややあって、母のおよしが姿を現した。
いくたびも瞬きをする。
土間に立っている者がだれか、はっきりと分かった。

「佐吉……」

母は息子の名を呼んだ。

五

夕餉はいたって質素なものだった。

麦飯に漬け物と味噌汁、あとは青菜の胡麻和えと雷《かみなり》蒟蒻がついているだけだった。

それでも、心にしみた。

豪勢なすき焼き鍋もいいが、この素朴な夕餉も上州の味だ。

「死んで化けて出たのかと思ったべぇ」

およしは笑みを浮かべた。

「長々と、親不孝で……」

佐吉は箸を止め、目をしばたたかせた。

「なに、これから取り戻せばいいぞ」

一緒に夕餉を囲みながら、右京が言った。

これまでのいきさつについては、右京が噛んで含めるように伝えた。いくらか耳が遠くなっているため、いくたびか言い直しながら、事細かに話した。

盗賊の残党は最後の一人まで退治したから、もう心配はいらないこと。

下仁田でうどんと鍋の見世を出すことになったので（すき焼き鍋の話をするとややこしくなるから伏せておいた）、これからはしょっちゅう会えること。

佐吉が継ぐ見世は真田氏ゆかりの真庵という名で、跡取り娘のおこんと夫婦になること。

右京は一つ一つていねいに説明していった。

「戻ってきたばかりか、嫁までもらうとは、盆と正月が一緒に来たような按配だべぇ」

およしは感慨深げな面持ちで言った。

「そのうちややこもできよう。万々歳だ」

右京はそう言って、味噌汁を呑んだ。

いくらか濃いめだが、忘れがたい味がした。

「おいら、畑もやるから。で、朝は畑仕事をして、おっかあの食事をつくって、それから見世をやるつもりだ。休みの日にゃ、行きたいとこへつれてってやるからのぉ」

帰ってきた息子が言った。

「無理せんようにな」

老母は逆に佐吉の体を気遣った。

右京はうなずいた。

これで良い……。

時はかかったが、ようやく落ち着くところに落ち着いた。

「嫁御はいつ来るのかのぉ。早《はよ》う会いたいものだべぇ」

おかねが言った。

右京はまたそこで助け船を出した。

おこんの父親の儀平はいま渋川の旅籠にいること。

大したことはないがいくらか具合が悪いため、良くなり次第、下仁田に来てもらう段取りになっていること。

右京が嚙んで含めるように告げるたびに、およしはいくたびもうなずきながら聞いていた。

「八州さまのおかげで、佐吉が戻ってまいりました。ありがてえ、ありがてえ」

老母は両手を合わせて右京を拝んだ。

「おれはまだ仏ではないからな」

笑って言うと、右京はひと切れ残った漬け物をかんだ。

あの大根の味噌漬けだ。

母の味と思いが、たしかに伝わってきた。

六

次々に梯子段を上るように、段取りが進んだ。

と言うより、まだ廻村が残っている右京が荷車を引くようにやや強引に段取りを進めていったのだ。

まず、真庵の場所が決まった。

何のことはない、売りに出されていた例の旅籠を買うことにした。あるじが盗賊の手下で験《げん》が悪いということで安く売りに出されているけれども、その盗賊を退治したのは右京なのだから何の障《さわ》りもないだろう。

足助がいないから竹一を渋川へ走らせ、儀平とおこんを呼び寄せた。駕籠代は右京が出してやった。

下仁田でいったん休んだ二人は、佐吉とともにおよしに会いに行った。佐吉の母はおこんをひと目で気に入った様子だった。

真庵はもと旅籠だから部屋数が多い。儀平は一緒に暮らすことになった。

およしも呼び寄せようとしたのだが、近くに亡き夫の墓がある山里の家を護りたいという思いが強かった。

体が動くうちはいまの家にいて、大儀になったらせがれ夫婦の世話になる。

そういう話に決まった。

部屋があいているのだから、旅籠も兼ねることにした。下働きの娘もうまい具合に見つかった。

命の割り下はすでに運びこまれているし、包丁などの道具は江戸から持ってきた。

のれんは儀平が後生大事に持っていた。それもせがれの万平とおかみの形見のようなものだ。

こうしてすべての段取りが整い、ある日、ふたたび真庵ののれんがかかった。

もっとも、初めの日は貸し切りだった。

新たな門出をする真庵の料理のお披露目に、地元の役人や庄屋などがこぞって集まってきた。

寄場役人が盗賊で、道案内などを手下にしていた土地だが、厳しい詮議《せんぎ》をしたうえで人を一新した。これからはしばし平穏な日々が続くだろう。

本来ならすき焼き鍋を出したいところだが、あいにくもう肉は手に入らない。そこでやむなく、だんご汁鍋に蒟蒻や葱をふんだんに入れたものにした。だんごがなくなったら、うどんを入れる段取りになっている。

「これから暑くなったら、冷やしうどんなどを出せばいいだろう。そのあたりは、みなで相談しながら決めていけ」

右京はそう言って、取り分けられたものを口に運んだ。

味は合わせ味噌仕立てだ。葱も蒟蒻も味がしみて上々だった。

「承知しました。川魚の塩焼きや山菜の炊き込みご飯、それに天麩羅などもとりどりに出していこうと思ってます」

ねじり鉢巻きをした佐吉が言った。

「厨の仕事ぶりを見てたんですが、これなら大丈夫でしょう。婿殿のほうがよほど腕が立つんで」

だいぶ血色の良くなってきた顔で、儀平が二の腕のあたりをたたいた。

「右京さまのおかげで。名残惜しいですが」

佐吉はそう言って瞬きをした。

「なに、また下仁田に廻村へ来ることもあるだろう。そのときは、この真庵に世話になるからな」

右京は畳を指さした。

明日は早朝から発つ。小者の竹一に加えて、道案内と役人も支度が整っていた。遅れていた分を取り戻さなければならない。

「お待ちしております」

おこんがていねいに両手をついて言った。

「おっ、おかみの顔になってきたじゃねえか」

右京は笑みを浮かべた。

ほんのかたちだけだが、佐吉とおこんは祝言《しゅうげん》を挙げた。

その仲立ちとなったのは、むろん右京だった。山里ゆえ縁起物の鯛は手に入らなかったが、代わりに鮎の背越しなどをつくってやった。

いまはもう、佐吉とおこんは一つ床で寝ている。おかげで、初めて相対したときより、互いを見るまなざしが違っていた。

「佐吉さんと力を合わせてやっていきますので」

おこんが笑みを浮かべた。

「おう、頼もしいな」

右京は佐吉を見た。

「またのお越しをお待ちしています」

佐吉もあるじの顔になっていた。

「今度は寒い時分に来るぜ」

右京はそう言うと、声をひそめて続けた。

「うまいすき焼き鍋を食いにな」

# 終章　親子の似面

一

大車輪の働きで上州の廻村を終えた八州廻り藤掛右京は、年の暮れに江戸へ戻った。

花介はずいぶん大きくなっていた。まだ歩けないものの、生まれたてとはずいぶん違っていた。これは滞りなく人になりそうだ。

産後の肥立ちを案じていた絵留だが、案じたのが馬鹿馬鹿しくなるほど元気いっぱいだった。

わが女房どのは、子を産むたびに色っぽくなるのだが、いかがなものかのう。

これでは、藤掛家は猫ばかりか人も子だらけになってしまうやもしれぬ……。

右京は妙な心配をした。

こうして、明けて早くも新年になった。

藤掛家の面々は、花介をつれて平川天神へ初詣に出かけた。

「母上、あの見世に行ってみとうございます」

母に似た小町娘に育ってきた姉の波留が言った。

「わたしも」

こちらはまだわらべの流留が手を挙げる。

「あの見世、ですね？」

絵留が笑みを浮かべた。

「良き見世を見つけたのですよ、殿」

用人の有田宗兵衛が言った。

「前にちらりとお伝えした『八味』という見世でございます」

絵留が言った。

「ほほう、それは楽しみだな。花介も行くか？」

右京は首を曲げた。

ずっと女房にばかり子育てを任せている。たまには手伝いをしてやるかと思い立ち、いささか人目は気になったが、背負い紐にわが子を納めてここまで運んできた。

「行く、と言うておりますよ、父上」

姉が言った。

「早く早く」

妹が手を引かんばかりにうながす。

だが……。

右京を除く藤掛家の面々が目にしたのは、意外な貼り紙だった。

都合により、当分のあひだ、休ませて頂きます。

「八味」店主

「まあ、お休みですって」

絵留が大きな目を見開いた。

「えーっ」

「お休みなの？」

二人の娘の顔に落胆の色が浮かんだ。

「休みなら致し方ないのう」

笑いをこらえながら、右京は言った。

「見世じまいをしたわけではないようですから、そのうちまた開くかもしれませんよ」

宗兵衛が娘たちをなだめた。

「仕方がない。では、汁粉屋へでも……」

と、べつの見世へ案内しようとした右京の目に、見知った顔が映った。

「八味」の常連だった二人の暇な武家だ。

いかん……。

ここで鉢合わせをしたらまずい。

「厠《かわや》だ」

そう言うなり、右京はあわてて路地に駆けこんだ。

「何か悪いものでも食ったかのう、わははは」

右京は笑ってごまかした。

その背に花介の姿はなかった。右京が急に動いたものだから、火がついたように泣きだした。いまは見かねた絵留が背負っている。良かれと思ってお守りを買って出たのだが、とんだしくじりになってしまった。

「落ちたりしたら大変ですから」

絵留はやや不機嫌そうに言った。

「済まぬ。以後、気をつける」

右京は平謝りだった。

二

「では、仕切り直しで汁粉屋へまいりましょうか」

用人が水を向けた。

「そうだな」

また見知った者に顔を合わせないように気をつけながら、右京は汁粉屋に向かった。

途中でまた見知った顔に出くわした。

さりながら、今度はあわてて逃げることはなかった。

それもそのはず、向こうからやってきたのは、江坂三十郎だった。

「どこぞで呑もうかと思って出たのに、汁粉を呑むことになろうとは」

三十郎が笑みを浮かべた。

「江坂さまは、お子さまのお相手などは？」

絵留がたずねた。

「たまには剣術の稽古をつけてやったりしますが」

奥方がきつい人らしく、あまり家に帰りたがらない三十郎が、ややあいまいな顔つきで答えた。

「おまえも大きくなったら稽古をつけてやるからな」

右京は赤子に言った。

それから、汁粉を呑みながらさきほどの話になった。右京が花介を泣かせてしまった話を聞くと、三十郎はふと何かを思いついたような顔つきになった。

「八州廻りがわが子を背負っている図は珍しい。どれ、おれが描いてやろう」

三十郎はふところから矢立《やたて》と紙を取り出した。

「それはようございますね」

絵留が真っ先に乗ってきた。

「花介様が大きくなったときの記《しるし》になりましょう」

宗兵衛も和した。

「うむ、なら、さらさらと描いてくれ」

背負い紐と赤子を受け取ってから、右京は言った。

「もそっとあごを引いてくれ。怖い目はいらぬぞ。そうそう、いくらか肩を落として、眉を下げて」

肚に一物ありげな顔で、三十郎は言った。

ややあって、絵ができあがった。

「ぷっ」

ひと目見るなり、絵留がふき出した。

「まあ、父上」

「あははは」

のぞきこんだ娘たちも大口を開けて笑った。

「これはまた、おいたわしいお姿で」

宗兵衛の目尻にいくつもしわが浮かぶ。

「何を描いたのだ、おぬしは。見せろ」

半ば奪うように、右京は絵を手にした。

すぐには言葉が出てこなかった。

無精髭を生やした浪人が、背に赤子を負い、途方に暮れたような顔つきをしている。実に真に迫った表情だった。

「子が産まれたときには浪々の身であったが、その後の精進で八州廻りにのし上がったことにせよ、右京」

相棒は勝手なことを言った。

「ばふ、ばふ」

花介が声にならない声を発する。

どうやら絵が面白いらしい。背負い紐から下ろした右京は、あいまいな顔つきでわが子を見た。

「それが父上でございますよ、花介」

絵留がおかしそうに言った。

通じたわけではあるまいが、花介ははっきりと笑みを浮かべた。

「笑いよったぞ」

右京は苦笑いを浮かべた。

「来年の正月に江戸へ戻ったら、きっとしゃべっておろうぞ」

三十郎が言う。

「そうだな。始終顔を合わせていたら、さような喜びも味わえぬわ」

右京が言った。

「八州廻りならではの喜びもあるな」

と、三十郎。

「ああ」

上州で出会った者たちの顔が、だしぬけに思い出されてきた。

「あるな、そういう喜びが」

右京はそう言って、またわが子に目をやった。

【参考文献一覧】

中島明『八州廻りと上州の無宿・博徒』（みやま文庫）
今川徳三『八州廻りと代官』（雄山閣）
落合延孝『八州廻りと博徒』（山川出版社）
『三田村鳶魚江戸武家事典』（青蛙房）
里見哲夫『新版下仁田ネギ』（下仁田自然学校文庫）
『下仁田町史』（下仁田町）
「下仁田町歴史館」パンフレット
群馬県観光情報誌「ググッとぐんま」
ウェブサイト「群馬県すき焼きプロジェクト」
千成亭ホームページ
沼田市観光協会ホームページ
『復元・江戸情報地図』（朝日新聞社）
今井金吾校訂『定本武江年表』（ちくま学芸文庫）
福田浩、松下幸子『料理いろは庖丁　江戸の肴、惣菜百品』（柴田書店）

島﨑とみ子『江戸のおかず帖　美味百二十選』（女子栄養大学出版部）
鈴木登紀子『手作り和食工房』（グラフ社）
畑耕一郎『プロのためのわかりやすい日本料理』（柴田書店）
田中博敏『お通し前菜便利集』（柴田書店）

本作品は宝島社文庫のために書き下ろされました。

この作品は史実を織り込んでいますが、あくまでフィクションです。作中に同一の名称があった場合も、実在する人物、団体等とは一切関係ありません。

宝島社文庫

上州すき焼き鍋の秘密 関八州料理帖
（じょうしゅうすきやきなべのひみつ かんはっしゅうりょうりちょう）

2017年5月23日　第1刷発行

著　者　倉阪鬼一郎
発行人　蓮見清一
発行所　株式会社 宝島社
〒102-8388　東京都千代田区一番町25番地
電話：営業 03(3234)4621／編集 03(3239)0599
http://tkj.jp

印刷・製本　中央精版印刷株式会社


Printed in Japan
ISBN 978-4-8002-7143-3

『この時代小説がすごい!』太鼓判

## この時代小説がすごい!

# 時代小説傑作選

宝島社文庫

◈伊東《いとう》 潤《じゅん》 ◈笹沢《ささざわ》左保《さほ》 ◈池波《いけなみ》正太郎《しょうたろう》
◈山田《やまだ》風太郎《ふうたろう》 ◈坂口《さかぐち》安吾《あんご》

**『この時代小説がすごい!』**
**[オールタイム]ランキング**
**第1位から5位まですべて収録!**

日本のすべての短編時代小説から最も面白く、かつ現代の読者に読んでほしいと願うランキングの第1位〜5位の作品を収録。第1位の「国を蹴った男」(伊東潤)をはじめ、時代小説を代表する名作短編が揃う、珠玉のアンソロジー!

定価: 本体648円 +税

宝島社 検索 好評発売中!